~ 奶茶魚蛋是平凡不過的食物，
賦予其價值的是珍視它的人 ~

作者：尼雲

屬於倫敦
的節奏

這是在倫敦餐飲工作及市集擺檔賣香港小食的
辛酸與經歷，努力追尋屬於自己的節奏。

屬於倫敦的節奏
The Rhythm of London

尼雲著

序一

屬於倫敦的節奏

Pazu 薯伯伯

旅遊寫作人，為最早一批在網上連載遊記的香港人，多年來足迹遍佈歐、亞多國，在喜馬拉雅山麓、東南亞、南亞等地區生活。著有《風轉西藏》、《北韓迷宮》、《西藏西人西事》及《不正常旅行研究所》，分別在香港、北京及首爾出版。

我很喜歡坐電車，有些朋友聽到我一星期裡總有幾天會花一小時坐電車，就會說好奢侈！但他們有所不知，其實這個車程的生產力甚高，有時我會用來起文章草稿，有時跟朋友聊天，有時用作冥想。由於上下車的地點都是總站，在車上冥想幾乎不用看時間，專注力集中在眉間，意識到吸氣呼氣，感受著車廂搖晃，讓心境專注平靜，就像在喧囂的都市裡，尋找心中的至福樂土。有些人以為舟車勞頓，我卻覺得這是最自由的地方。

在一次車程上，讀魚蛋哥的《屬於倫敦的節奏》書稿以構想如何寫這篇序言，剛好他提及初到倫敦時，地

來到英國第一樣要學

鐵無網絡，初覺無聊，後來發現這反是一個更自由的地方，而此書的初稿也在地鐵完成，這種巧合令我忍不住在車上會心微笑。

多年前跟魚蛋哥在西藏拉薩有一面之緣，讀到他的書稿時，卻意想不到地發現與他甚多共鳴。從創業拍烏蠅，拖著疲累身子回家，到開始多人認識，有人慕名而來，為自己打氣，看著魚蛋哥在倫敦擺街檔賣小食的故事，勾起不少我在西藏的回憶。魚蛋哥在英國賣魚蛋和奶茶，我當年在西藏賣的卻是無心插柳的餐蛋麵，還記得真有不少到來拉薩的香港人，會因為吃到家鄉的味道而感觸落淚，有些西藏朋友發現後覺得好奇，也叫一碗來吃，居然也是讚不絕口（雖然不至於像香港人的反應那樣誇張）。

魚蛋哥發電郵邀請我寫序言時，我因為同時有幾份稿件要交，非常繁忙，本想推卻，但我看了電郵，想一下記起是他，勾起西藏回憶，便一口答應。在 2013 年，魚蛋哥來西藏旅行，因為高原反應進了醫院，他的朋友就聯絡我，我又聯絡了一位在該醫院工作的藏人醫生朋友幫忙。出院後魚蛋哥和他的朋友說要請我和醫生吃飯道謝，藏人醫生朋友一聽反覺不好意思，說事小不足掛齒，但在他們離開後幾個月，有時醫生朋友仍會提起他們，說那幾個香港人有禮貌，懂感恩。

香港人的身份，到底應該如何定義，從上世紀到今天，都是了無止境的探討話題，但在外地人的眼中，你就

P.5

不 是 技 術 是 放 下 身 段

是他對香港人的印象。魚蛋哥在書中說：「不知會否相信集氣這回事，能量醞釀了一些時間，然後於關鍵時刻就會釋放出來。」

　　緣起緣聚，散聚有時，但你的善意會為同路人帶來榮光，這份簡單的信念與堅持，卻能成為維繫著我們的力量。

Pazu 薯伯伯

書於香港

2021 年 10 月 25 日

屬於倫敦的節奏

來到英國第一樣要學

序二

倫敦屋企人 阿踩

當這位好朋友邀請我寫序，感覺受寵若驚，但又興奮好玩，就如當年佢倆結婚邀請我做兄弟。估唔到，唔止兄弟，連出書都搵我寫序，實在係友誼之彰顯。

對於幾乎沒有冬天的香港，英國十月打後都叫好凍。Facebook見到週末有個香港小攤檔賣奶茶魚蛋，計劃到訪。當日起身，身體感受到毛毛雨下的濕凍，諗下不如繼續瞓好過，不過又想支持下咁有心的香港人。結果意志戰勝天氣，搭咗好遠車由東北去西南，成就一段友誼。

到達市集，行到一個好冷清的小檔口，係熟悉的文字同面孔。兩位好熱情邀我坐入檔口，即刻沖杯茶走俾我暖身。呷一口，好好味，好溫暖。

在HK Cheers!小攤檔中我的至愛不是咖哩魚蛋，而

不是技術是放下身段

是茶走。在倫敦，想飲一杯奶茶，走入唐人街大把港式奶茶畀你飲。但這個小攤檔才有走的味道，是真正的香港茶走。我第一次飲，就已經問：點解你杯茶走特別好飲？原來佢好似做 lab 咁試咗好多唔同配搭，由撞茶膽、茶同奶的交合、淡奶同煉奶的比例。呷一口，喝的不是奶茶，是心血和熱誠 — 要真正愛香港，了解香港的味道，才有心機和能力能做到一杯有家鄉味道的茶走。一間由中國人開設的港式茶記是不可能做到的。

好記得由第一次的簡陋擺設同陰冷天氣，去到你最後一次擺檔 — 陰冷的倫敦最罕見的大晴天。在大合照中我因為陽光太猛烈而無法睜開眼睛，臉頰因為和暖的天氣而泛紅，照片將這一切都定格。

除了攤檔的回憶，我也偶爾想起，在你們的家一起打邊爐和學術討論。返到香港我們也一起在公園野餐，循環播放倫敦縮影。

我是書中的「介紹我睇村上春樹的阿踩」。謹以一段村上春樹《1973 的彈珠玩具》，致我們美好的英倫時光：

「我們所共有的東西，只不過是在好久以前已經死去的時間的片段而已。雖然如此，那溫暖的感覺還多少像古老的光一樣，到現在還在心中繼續徘徊著。而且直到死前抓住我，將我再度丟進虛無的坩堝之前的短暫時間內，還是會伴著那光一起前進吧？煩惱像雨一樣從天上降下來，而我們瘋狂地把他們撿集起來，拼命往口袋裡塞，為什麼

屬於倫敦的節奏

會那樣做？到現在都還弄不清楚，是不是跟別的什麼東西搞錯了呢？」

倫敦屋企人　阿踩

屬於倫敦的節奏

序三

「HK Cheers!」拍檔嘈

P.10

「放棄在香港升職加薪的機會,值得嗎?」

「老遠跑到外地去打一份不怎麼樣的工,值得嗎?」

「開小食檔這麼辛苦,又要時間準備,值得嗎?」

在很多人眼中,離開原來的跑道,到外地工作假期也許不切實際,在我們來說卻沒有值不值得,只有願不願意。

讀著此書,時間彷彿又回到 2016 年的初春,農曆年過後,我們各自拖著滿載家當的行李箱、背著大背包,搭上前往倫敦的航機,展開未知之旅。一下機,那接近零度的凜冽寒意沁入心脾,禁不住打了一下冷顫。「噢,這便是我們即將要生活兩年的地方了。」

初來乍到,人生路不熟,搭一程的士由機場前往離機場很近的朋友家,便已花了接近 60 英鎊,往後租屋又

要支付屋租和訂金，未賺錢便花了一大筆錢，心不禁慌起來，休息幾天便馬上開始找工作，幸好求職過程沒花太多時間，很快便找到一份珍珠奶茶店的工作，展開接近兩年的工作假期之旅。

在倫敦生活的那段時光，大概是人生中最快樂、最無憂的日子，沒有疫情，沒有口罩，社會沒那麼撕裂，沒有工作壓力，沒有在香港那種追追趕趕不知為何的無力感，有的是自由、是無拘無束的感覺，也許體力上會辛苦，但心靈上卻很快樂。偶爾放假，到某個英國小鎮或鄰近歐洲城市來個小旅行充充電，或者帶著書本到咖啡店，一坐便是一個下午，在河畔看日落後買菜回家煮飯，那種沒有包袱的寫意日子也許不會再有。

在倫敦有很多的第一次——第一次離家這麼長時間、第一次自己租屋、第一次做餐飲業、第一次擺食物攤檔，跟當地人解釋魚蛋是甚麼、第一次沖咖啡、第一次看到鹿、天鵝和松鼠、第一次跟同事飲酒飲到在地鐵站嘔、初嚐鄉愁的滋味……還有很多個第一次，共同經歷著在香港不會經歷到的事情，說是永世難忘也不誇張。那曾想過自己會去倫敦擺檔賣魚蛋、沖港式奶茶？

借用林夕於《任我行》中的兩句歌詞：「親愛的闖遍綠燈　還是讓自己瘋一下要緊」，兩年以來，得著比失去多，賺到的是用錢買不到的快樂、友誼、閱歷，當中點滴仍不時在腦海浮現。兩年過去，回歸現實，重回朝九晚六

不是技術　是放下身段

的上班族生活，更加明白「瘋一下」是多麼的難得，而此書將一切又喚起來，感謝那個年青、願意「瘋一下」出走的我們。

「HK Cheers!」拍檔　嘈

屬於倫敦的節奏

來到英國第一樣要學

前言

在倫敦經歷四季分明的天氣,是久違的感覺。

那年倫敦也有好幾年沒下雪,剛好在餐廳酒吧工作時的一個晚上竟有機會遇上。穿著那件日本啤酒品牌的工作T-Shirt,衝了出去感受一下那風雪的倫敦,5分鐘後忍不住那冰冷折返回室內,還是隔著玻璃觀看那飄雪較為優雅。

當一星期前還在下雪,今天已見大地含春百花齊放的樣子,瞬間又到了萬物交配的季節。其中覺得倫敦不錯的地方是無論多繁忙的區域也有一兩個公園讓你在急速的節奏中找到休止符。野餐成為我在這做最多亦很愛的娛樂,在綠茵的草地或櫻花樹下,找到屬於自己的空間,與朋友聊天,分享精心準備的食物。只要天氣好,公園都會見到三五成群享受最自然的一刻,即便墳場公園內的草地也如是。或許對外國人來說那不過是一堆有名字的石頭,如果我與家中老人家說去墳場野餐,也不知要拜多少次神才獲得保佑,這便是文化差異。

在hair也沒一條的夏季平日,可以在廣闊的草原享受寧靜的下午,喝著那新鮮現場調製的Mojito,薄荷與青草的味道混合起來並沒有違和感。於湖畔觀看鴛鴦戲水,甚至與直立如半人高的天鵝近距離互動,還可近觀野生動

不 是 技 術 是 放 下 身 段

物大遷徙，近百的野鹿跳過百毫米闊的深坑，何其壯觀。
這裡是倫敦佔地最廣的皇家公園 Richmond Park。然後
不用著急，倫敦的夏天 9 時前太陽還未肯下山，對晚起來
的人是一種小確幸。

搬到倫敦西邊 Hammersmith 後，很愛在泰晤士河畔
慢跑。小狗、單車在身邊伴跑，河上划艇，海鷗的叫聲，
吸一口自由的空氣，這樣的日子還會剩多少？只要在日落
前的時間，一邊跑一邊看著跨越泰晤士河大橋的夕陽，淺
黃、深黃、血橙，然後入黑，再去超市買點菜回家準備晚
餐，美好的一天。

一切發生在疫情前，書中紀錄一個英國打工創業的故
事，我是水果切割員、廚房打雜，也是咖啡師、調酒師及魚
蛋奶茶檔檔主。無論以往你是什麼職業或身份，在這裡也沒
有所謂，重新建立自己的社交圈子，享受重設角色的生活，
特別對被社會洗禮得千瘡百孔的你，是個難得的機會。

這段日子裡努力掌握著——
那個切水果的節奏；
打奶泡的節奏；
冰在搖杯晃動的節奏；
甚至魚蛋在咖喱汁內翻滾的節奏；
調整混和一起，便成了我在倫敦的節奏。

刺骨的秋風把遍地的橙黃樹葉吹得隨風飛舞，配以沙
沙的刮地聲，動態的風景就是截然不同的層次美，亦帶動

來到英國第一樣要學

著觀賞者的思緒，這刻就是種財散人安樂的覺悟，而差不多兩年的英國生活也準備謝幕。

▲ 下雪後的一星期公園已經遍地花海

▲ 春天不難見到櫻花樹

▲ Richmond Park 的天鵝身形異常巨大

▲ Richmond Park 內整群結隊的鹿群

▲ 泰晤士河日落

▲ 倫敦的秋天

不是技術是放下身段

目錄
Contents

序章
前往英國的尾班車即將開出

　　3月9日凌晨12點，這是在倫敦工作的第4天，也是我的31歲生日。

　　這時候香港的朋友們剛上班，而我也終於下班了。這幾天差不多每日13小時的體力勞動，最後還剩下約幾個百分點之體力回家，對人生有少許懷疑，不過一切還很新鮮。面對熟悉的語文，陌生而又親切的街道面孔，看到那個幾乎已經在香港絕跡的英女皇郵筒，還有那經典的電話亭，這裡就是英國。出生於殖民地時期，多少帶點嚮往與歸屬感。

　　曾經在早兩年，把一切手續都辦妥，只差一張機票，便可到澳洲打工度假。而最終因工作上的挽留，或者還有一些依戀，便繼續留港努力工作。霎眼申請年齡上限將至，有感人生瓶頸，決定這趟英國出走之行。萬萬想不到當初預計數個月之沉澱計劃，最後竟停留了接近兩年。

　　如果以為這本書是想寫風花雪月之英倫，恐怕會令你失望。在英國期間的閒情逸致沒有很多，倫敦是不錯的旅遊之地，但絕不是容易工作、生活的地方，從前工作的技能與經驗，這裡似乎並無用武之地。

經　歷　過　殖　民　的　味　道

D - O N

文職工作申請並沒有什麼回音，盤川又用盡之下，聽房東說有家出名的餐館請侍應，反正打正旗號我是來體驗的，便厚著臉皮到附近挨家挨戶去問。最後撞入了一間高級中餐廳，裝潢豪華，並有露天天井。那裡客人多半是華人，而且是很有錢或地位的那種。經理問了一些簡單的問題，因為已經有打工度假的香港及台灣人在工作，所以並不會對我的工作簽證有太多質疑，然後他便問我有否興趣做水吧。

第二天我便開始水吧的工作。基本上所有事情都是從零開始，洗杯、沖茶沖咖啡、整生果盤、雪糕、睇單、送餐倒酒等每樣不起眼的工作，實際充滿學問。從前的大哥，這裡就是乾細佬，第一樣要學的其實不是技術，而是放下，放下觀念、放下

▲ 四周的英式電話亭讓你有實在置身倫敦的感覺

▲ 托盤並不是容易駕馭的

身分，放下年紀⋯⋯

　　31 歲的這天，送了自己一份難忘的禮物，捧著幾杯酒水的我，未能掌握托盤的使用，失卻平衡把整杯西瓜汁送到客人身上，心中念念有詞不斷重複了 6 個字：「今次人卜街鳥」。除了道歉，腦也空白得不知所措。經理還有意無意恐嚇我這桌客人都是富二代，而這頓飯就已經過千鎊（過萬元港幣），那弄髒的大衣更是什麼名牌，那時我在考慮究竟是賣身還是賣腎會方便點？久違新人犯大錯的感覺，對上一次好像已經數年前，同樣的深刻。

　　還記得預科時中化所教的需要層次理論金字塔，頂層在追求什麼自我實現、真善美之類，在這裡就瞬間跌回去為基本生存打拼的底層，開始慢慢細味出那句《高山低谷》的歌詞：「幾多人位於山之巔俯瞰我的疲倦」。框架之外當然不會很舒適，不過卻能夠成就一個更立體的我，就算是一名 Waiter，還是 Bartender，都要成為最專業的。'Sir, this is your Pinot Grigio white wine, enjoy your meal.'

　　多謝各位的祝福，生日很快樂，亦很難忘。

經歷過殖民的味道

Chapter 1

餐飲業的鐵人生活

插畫：Da Ho

Chapter 1
餐飲業的鐵人生活

餐飲業的鐵人生活（前傳）與廚餘續緣

　　本來很想分享餐廳內的工作點滴，卻忍不住插播這個伙食篇，以表揚餐廳對同事的愛護與照顧，因為確實對這裡的膳食忍受到了臨界點。打工仔名言：「辛苦搵來志在食」，如果食也食得差，又情何以堪？

　　餐飲業一般提供早晚宵夜三餐，好像不錯，可省錢省時間不用自己煮，可是少年我還是太年輕，忘記了何謂食物的定意。忙碌工作了一整天後，看到那種慘不忍睹（慘絕人寰更貼切）的「膳食」，確實是無名火起。經常鬥氣，選擇餓著不吃回家才煮，雖然回到家其實已經凌晨 1 點，明天 9 點多又要起床上班，不過要忍辱如斯，寧可抱著家裡的枕頭與僅餘的樽鹽睡好了。

　　餐廳為了控制成本，廚房不只選用便宜的食材製作同事膳食，還非常環保，如經典的肥豬肉炒芹菜，然後可配白飯，沒有了，完；甚或將菜頭菜尾及客人剩菜作為食材隨便烹煮以「餵飼」我們，我凝視著那出來的噁心賣相，

經　歷　過　殖　民　的　味　道

立刻想起在香港參觀廚餘回收廠的情景。呼了一口短促而深的氣,眼神是那種絕望、唏噓、憤怒的交雜。環保工作出身的我,也難以接受每天要吃廚餘維生吧!

幾年來在環團一直也在處理廚餘議題,想不到成也廚餘,敗也廚餘。這令我想到不久前閱讀過一本北韓寫實生活書提到一個令人心痛傷的情節:「北韓飢荒期間,有一位很愛家人的母親,手上的錢剛好只夠買抗生素給病重的兒子,但最後選擇了買下一公斤玉米粉給家人的殘酷抉擇。」或者這也是安慰自己的想法,游說自己已經生活在較幸福之中,難食一點也沒什麼?

最為殘酷的一幕是老闆每天在我們面前吃盡珍饈百味,什麼龍蝦海鮮火鍋,看著我們吃著環保食物,不知是否更有味道,這就是「朱門酒肉臭,路有凍死骨」的活生生例子,而這一幕人禽之辨永世難忘。

有華人的地方少不了複雜的小圈子,餐廳廚房與樓面像有種不能言喻的敵對關係,去廚房要片薑難過問太監取其寶貝一樣。這種敵對是很普遍,往後親身及聽來的故事也證實了。所以亦懷疑同事膳食是廚房對樓面的報復,反正大廚們可自行煮食。雖然也有跟樓面經理反映,惜其權力有限,總是不了了之。有時經理們在忙碌過後也會叫外賣以振一下那碩果僅存的士氣,那時候在弱勢的一方確感覺到那無形的團結。

託這幾個月的體力勞動與減肥餐單的福,造就了自畢

烙 印 在 我 們 的 味 蕾

業以來最瘦的時刻，竟能抵抗中年發福之危機。回看當時照片，是久違的瘦削身形，雖不至於瘦骨嶙峋，卻有種乾涸的面貌，也難以想像當時是如何捱過去的。

▲ 經典的肥豬肉炒芹菜

▲ 環保食物－炸蝦頭

▲ 外賣炸雞薯條加餸

屬於倫敦的節奏

經 歷 過 殖 民 的 味 道

餐飲業的鐵人生活（一）百 x 成材

　　大學畢業到現在，人生及工作一直處於被認為不穩定的狀態，讀化學的朋友可能有印象，那種狀態像是最外圍的孤獨電子，隨時有機會離開那個預設的軌道一樣。由覺得可以春風化雨之教書先生，到以為可以改變世界之環保戰士，然後擺市集意圖創業之小老闆，到剛嘗試的餐飲業之前線服務員工。當一份工作找不到原動力後，就是另一份工作的開始。忍受不了人生三分一的時間處於行屍走肉的狀態，如果可以的話，工資最好只是副產品，工作中找到成就感與成長才是主菜，那多好。理想化過盛的人總要承受現實的教訓，容易浮浮沉沉，一事無成，出現經濟壓力，甚至忽然失去方向。

　　是時候介紹一下餐廳的工作日常，每天我就如中環才俊穿西裝打領呔，每天摸著酒杯，生意是千萬的上落，穿插於富豪之中，紙醉金迷般過生活⋯⋯以上其實基本都沒有錯，只不過西裝是工作服 —— 黑襯衫黑褲黑皮鞋，酒杯不是摸而是抹的，千萬上落的是抹水杯的數量，穿插於富豪之中漏了「送酒水」，基本大致相同。

　　每轉一個新行業，你就會變成初哥哥，不是那個寧願沒擁抱共你可到老的 Chilam 初哥哥，而是那個沒經驗經常被老點、處於食物鏈最底層的菜鳥初哥。在這我的工作大概是水吧的開檔收檔、送餐、倒酒、沖茶沖咖啡調酒、抹杯、點貨、切水果、丟垃圾清潔⋯⋯每樣都有其細節，稍有差池，就會被噴到一臉屁。原職僅餘一位的

屬於倫敦的節奏

bartender 已於入職後兩星期離開，不要說學什麼調酒，就連最基本的洗碗機運作及茶葉分類也未能處理好，酒杯有水漬加什麼藥水，也有數十個黑人問號。由於很多事情也沒有時間好好掌握，最初的兩三星期可謂是百 x 成材，有時會覺得難度我的出生本來就是一個錯誤？

不要小看倫敦的硬水，除了盛傳會導致禿頭、生腎石……更實在的是乾水後留下來明顯的水漬。老闆沒事做的時候會指著水杯問：「這是什麼？」（請用上海普通話並以囂張怪責的語氣模仿）。我回說：「當然是杯，難道是碟咩？粉頭。」（只可用廣東話在心中怒氣的回答）。記得那次前一晚其實是一個二百人的大宴會，每位同事都疲於奔命地工作應對是次活動。因為需要抹的杯太多，很多時候也未必是自己抹，比起鉛水事件，那時的問責制更公平，需要自己一人頂鑊。想問老闆你有否為同事們為你努力賺錢說一句感謝？有否因為抹了數百隻杯說句：「辛苦啦，同志們！」？而你卻將一點水漬放大得像水淹餐廳一樣……

每日水吧最戰鬥的時刻是收檔時間，很多杯待清理、要清潔場地、同時出酒水及生果盤，還有清理水吧累積了一天的垃圾。垃圾房位於大廈地底，由於垃圾不能出現於大廈主要通道，故不能以升降機運載。通常我會獲得一位樓面同事幫忙，把兩大桶石頭一樣重的玻璃酒樽、一大袋垃圾及一堆紙皮從後樓梯拖下去回收或處理。雖然只有十多分鐘，但那卻是整天最放鬆的時間，可以大聲說話，身

▲於大型連鎖服裝店
　購買工作服

▲洗碗機

▲餐廳天井可舉行大型宴會

▲一車車的酒杯於餐後收集
　回來

▶每晚處理的垃圾及玻璃樽

烙印在我們的味蕾

體得以肆無忌憚地伸展，與同事互相申訴一下，為整天的勞碌尋找一個紓壓的缺口。

　　很感謝其他樓面同事也會主動幫忙執拾收檔，可惜長貧難顧，下班與宵夜的抉擇，有時為了搭上趕回家的尾班地鐵，還是忍一忍肚餓為妙。到後來開始掌握水吧運作，慢慢成為同事的倚靠，跟上他們的步伐，這是個艱難的階段，當然不是做得最好，不過覺得也不錯！這裡最好的得著是每天放工後或放假不需要為工作而擔憂，是以往所不能體驗到的。也可能因為工時長，回家便睡覺，睡醒便工作，哪有時間憂慮？

屬於倫敦的節奏

經　歷　過　殖　民　的　味　道

餐飲業的鐵人生活（二）我要切廿個

　　餐飲業真的不是容易撈的行業，工時長，體力與技巧要求也頗高，而且還要看客人的面色。即便我從前工作也常出戶外活動不經意也需要搬搬抬抬，相對這行業來說也變得是個嬌生慣養的文職人員。水吧的工作，於人眼中可能就是倒啤酒、調酒、抹酒杯等，如果有印象，上一篇也有提及，其中包含的工作還有切水果，千萬不要以為是切檸檬那種作為調酒擺設之用。

　　或許是高級中餐廳的源故，主動與顧客維持良好關係及顧客為優的文化似乎是植入的基因變得必然。水吧每天必須的工作是準備水果盤，這是一個免費的禮物以拉攏高消費客人下次再光臨的手段。經理們都很豪爽的贈送，或許是無可厚非的。慢慢水果盤的數量越送越多，隨便打句招呼說句經理，也送一盤，正宗慷他人之慨。晚上的水果單就排滿吧台，我就滿懷感恩的切，心中就只有一個字。

　　一個多月來可能切了十年加起來（我更覺是一輩子）的水果份量，當然也抹了上萬的水杯。記得有一天晚上有廿多圍桌的預約，還要放假在 Richmond Park 野餐中，趕回來切水果，多少水果亡魂在哭泣，我也沒有一點忍心，我想我下輩子會做一棵果樹。晚上一些大宴會，就需從中午便要開始準備，你以為我是調酒師嗎？我更覺是水果切割員。

　　當初沒有教學只有水果盤樣版看一看，但從來看起來

跟做下去是天淵之別。想起也覺得相當殘忍,有想過我是零經驗的……只好自學,在 YouTube 看片研究,並四處請教一下同事,雖然各有其法,慢慢從混沌中不斷實戰也大概掌握基本切法。認識生果的特性是很重要,不同生果的厚薄、切法、顏色配搭、熟透程度等,大中小果盤數量的安排,除了外觀,也要快,更希望浪費最少。

竟然讓我想起中學的一課《庖丁解牛》:「以無厚入有間,恢恢乎其於遊刃必有餘地矣,是以十九年而刀刃若新發於硎……」當然不能與庖丁的高超技術作比較,卻有種心領神會之覺悟。從前讀的課本內容或許匆匆背誦於考試後便忘卻,想不到當中的道理卻需要十年或一輩子的時間去體悟。

繁忙時段偶爾也有一些兼職來水吧幫忙,否則只有自己一個人的確會虛脫而亡。除了老點他們去送酒水及洗杯外,有時也很希望分享一些學到的經驗給他們。教育傳承之所以重要,不單減輕自己的工作量以做更多的事,同時亦可教學相長,所以也同意找一個好上司願意傾囊相授,有發揮的空間,比找一間大公司做嘍囉或者更有前途。

▲不同的水果盤

▲大宴會前需預先切水果材料

P.31

▲無聊時會試驗網上切水果的方法

烙印在我們的味蕾

▲每天處理大量的水果盤單

餐飲業的鐵人生活（三）餐廳百態

早前提及餐廳主要分兩大部門──廚房與樓面（即侍應），各有話事人（廚房大佬及樓面大經理）。廚房大佬，香港人，其他背境不詳，聽說持有餐廳少量股權。這其實是老闆留住重要員工的慣用技倆，令其感覺自己也是個小老闆，提升其歸屬感，想法便會以公司的利益為依歸，令其用盡方法減少公司成本，這也反映了為什麼員工膳食的質量這般低。

一般來說，廚房擁有較大的話語權，這源於很多中餐廳的廚師不是一個個職位招聘，而是整隊人去招攬，老闆只要與廚房大佬商議，價錢待遇合適便可整隊人一併請來；而相反樓面之間並沒有很強的聯繫，主要是靠經理個人網絡及朋友介紹，而且樓面相對入行門檻較低，亦不難聘請，當然資深同事又另作別論。

作為老闆，對廚房大佬的確會顧忌三分，就如兵權掌

握於將軍手上，廚房同事只聽命於廚房將軍，如果將軍叛變，整個廚房罷工或另覓新主，老闆的國土、錢財及生意都化為烏有，關係上俗稱「畀揸住春袋」。故此廚房權力由此而生，衍生那種囂張跋扈的態度，樓面自然成為弱勢一方，任其魚肉。而我的水吧屬一人部門，位置於廚房外及工作類型上需要招呼客人，故歸納為樓面，難有安樂茶飯。

樓面方面，樓面大經理 Calvin，馬來西亞人，唐人街銅人巷出身，被發掘出來掌管這間餐廳另一板塊。是當初白撞入餐廳聘請我的人，亦成為日後進入酒吧世界的鎖匙，對他還是深存感激。他泊了好碼頭，夫憑妻貴，同時在營運另一間小餐館，算是年青有為，當然餐飲世界也不是好混。

至於其他樓面，很多都是挖角而來，人物的性格及技能也很強，位位都是武林高手，大概各自可以寫下其在倫敦打併的故事。平凡的托盤在他們手上像美國隊長的盾牌任意揮灑，飲料、食物在托盤上平穩得像粘著，從酒吧上看著他們在場上跳舞，是另類的優雅。

為了提升餐廳形象令其感覺國際化，老闆亦喜愛請外國人當侍應，主要是東歐的年青人。無他，地方經濟差異，他們只好出來闖闖。曾經認識了一個葡萄牙教師前來倫敦做侍應，心想難道你又來體驗生活？原來他在本地教書工資還沒有這裡勞力工作高。

烙印在我們的味蕾

　　另外，為免大經理 Calvin 權力坐大，老闆在樓面加插了兩位來自其上海老鄉的心腹，工作相對不多，有恃無懼的樣子，主要工作看來是情報收集，即打小報告，我想主要是通知老闆誰入錯單、偷吃食物、偷喝了幾杯咖啡之類等大事。

　　剩下來的是兼職同工，主要都是打工度假的香港及台灣朋友，或者是讀書打工的學生。由於背景或心態相似，有時大家也會相約食飯及去小旅行。

　　整個版圖人際關係錯綜複雜，明爭暗鬥每日都發生著，然而因為我們這類屬於短暫的停留，多少避過很多腥風血雨，進入那種花生模式。

▲倫敦的唐人街牌坊

▲幾位樓面同事瞬間將用餐後凌亂的枱還原

▲親自操刀繪畫宣傳牌

經歷過殖民的味道

餐飲業的鐵人生活（四）生還者的獎勵

　　當時適逢香港某快餐廳龍頭被爆出以湯渣作為員工膳食的醜聞，同時揭發其員工每日工作時間達 16 小時之久。看到新聞產生無言的共鳴，倫敦的烏鴉跟香港是無分地域的黑。那天早餐吃的東菇蒂配浸泡發脹河粉完勝了，如果那數顆東菇蒂不加上去，相信還可以保留僅餘的尊嚴給員工，淨河粉好像感覺也尊重一點。幸好水吧還是我的管轄範圍，也習慣一天靠著喝數杯咖啡、檸茶等糖漿水續命還不致太餓。如果不是以體驗去包裝及知道有期限，我想也未必有繼續下去的勇氣。

　　來到英國總會令人想像會有很多機會學習英文的迷思，然後有人會說你在中餐館最多也是練習普通話，學不了英語的。以上皆不是，在這裡大部分時間也是說廣東話。原因亦不是很多香港人，而是更多的馬來西亞同事，不同年代的倫敦就分別有香港、越南、馬拉、福建等移民於此，充滿一個個奮鬥的故事。馬拉同事因為文化及歷史因素，能說多國語言，如英語、馬拉話、廣東話、普通話、客家話等等，不過大家溝通起來主要卻是廣東話，不同國籍而有著共同語言又是另一種親切。

　　於我而言，頗喜歡教授外國及台灣同事地道的廣東話，「靚仔」、「靚女」那些太普通，會教「索」（身材好）、「痴線」（神經病）、「蛇王」（偷懶），還有以「狗飯」（食物質量極差的飯菜）去形容現在吃的膳食等，而部分可加強氣勢的助語詞則不方便於書本講解。能夠輸

出自己地方的文化是榮幸，卻不是那種逆權侵佔式的消滅及取代。不過這段時期說得最多的其實是廢話，廢話或許沒營養，卻是繼續下去的神藥。有時羨慕同事出外抽抽煙，可以找到一個出去抖氣的理由。

有一件事我比別人優勝，在這每星期工時就是超過了60多小時，比全球最高的香港平均50小時高。餐廳工作應該被列入為極限運動，數月的無間斷試煉，久未嘗試的精神與肉體崩潰狀態，從前一年也不怎麼病的，3個月以來我生了印象中最多次數的病，大概4到5次，過勞發燒還是要工作是大家的寫照……過後的重生相信會是另一個境界。

後來有一位意大利的兼職 bartender 來了，對我說：「You are just like a machine，working all the time.」我也不忘為香港爭光：「Yes. I am like a glass washing and fruit cutting machine. Hong Kong people are also working machines. No matter how bad the weather or the environment, we insist on going to work.」

有沒有試過明明工作已經完成卻又不好意思下班？明明放假卻又忍不住 check email？這時別忘記也讚揚一下自己每天努力加班為公司賣命的偉大功績。正所謂能力越大，責任越大，工作越多，工時越長，最後工資原來是一樣。沒有引戰，也沒有去鼓吹惰懶的工作模式，而是想說

我們在香港打的工都叫「陰公」。

有一天，發覺手機認不出手指模不能開機，心裡暗罵這部手機壞了嗎？再望一下手指頭，原來都被清潔劑摧殘到失去了模樣。

又有一天，忽然發現一直引以為傲那些濃密的腳毛不見了，白滑的美腳重現，原來是經常走動，褲管與小腿磨擦而斷掉。

而最折騰的是腳掌的麻痛，那時因要穿皮鞋上班，財赤貪便宜隨意買了雙皮鞋，長期站著及走動而沒有好好保護。有陣子痛得幾近走不動。那時還是不捨得花錢買對好鞋，到 ebay 及運動鋪買了好幾款鞋墊混合一起，當代最強的避震鞋就這樣誕生了。

總有時刻會有放棄的念頭，但還是希望嘗試一下可以走多遠。第一個月發工資，副經理應該見我還健在，私下給我 10 鎊作鼓勵獎賞，於我來說就是生還者的證明，那10 鎊一直好好保存下來。每次重看這篇文章，就不其然有種想落淚的感覺，而窗外剛好下著雨。

文章命題應改為：《倫敦黑工血淚史》，在倫敦其實還有很多為家庭為生活默默耕耘的鐵人，奮鬥的人就是讓人尊敬。前幾篇苦澀味太重，不過總有得著，稍後再談。

▲ 員工經典膳食 — 廚餘般
　的發脹河粉

▲ 兼職意大利
bartender

▲ 最強避震鞋拆解

▲ 10 鎊的獎賞

經 歷 過 殖 民 的 味 道

餐飲業的鐵人生活（五）我的 12B 老闆

餐廳位於倫敦市中心繁華街道 Baker Street，有聞名的景點福爾摩斯博物館，穿透餐廳落地玻璃外是那頻繁的步伐，與香港中環街頭有幾分相像，充滿著西裝菁英，手拿著咖啡及公文袋，不同的是他們整體尺碼稍大，間中亦見穿著運動裝的健兒穿插街道。餐廳每張桌子都會有編號，以方便同事溝通、安排上菜及提供服務等，不同侍應負責某些編號的區域。而那排近窗的桌子中，我那可愛的老闆特別喜愛的四人小桌，編號是 12B。

老闆為上海人，二十多歲，獨子，為減低對其厭惡性，暫叫「12B」。父親裝修起家，母親亦是女強人一名，重點是有錢，很有錢，有著不同業務，其中上海營運極具規模的中餐廳，而老闆即富二代，與電視劇集同類角色之特性吻合，沒有技能，無所事事，其貌不揚，甚或不討好。他有一公認的女友，樣貌相對娟好，家族背景聽說為官二代，性格是典型富家女，很 cool，氣質欠奉，間中會前來餐廳找「12B」，喜愛喝那種甘筍蘋果的混合果汁，看見我那帥氣的樣子為她努力調製這杯鮮雜果汁竟也沒有說聲道謝，很大的官威。有次「12B」女友知悉餐廳展出的一批照片中有其前女友的照片，發了很大的脾氣，要求老闆立刻換掉照片，我當然在旁會心微笑，看來權力再大的人也總有弱點。

為了培訓「12B」成為家族接班人，他父母投資這家倫敦高級中餐廳給他管理，慨嘆「兒子」這份職業真的可

遇不可求。這條街道已經有家在倫敦相當出名的高級中餐，很多香港藝人來倫敦表演都會在該餐廳包場慶功，聽說當中的經理還是一位香港神級歌手的哥哥，有天晚上他更特意來我那餐廳踩場，坐在吧枱上與樓面大經理 Calvin 針鋒相對，互相吹噓，我在旁則看了齣好戲。

面對強大競爭對手，加上「12B」「英明領導」下，餐廳虧本了好幾年。其實不難預計，每天只是坐在餐廳食足 3 至 4 餐，不見其好好發展生意，只管雞毛蒜皮之事，並經常帶豬朋狗友回來吃吃喝喝。如屬一般餐廳，早已關門大吉，不過沒所謂，反正源源不絕的資金會由上海傳送過來。

當我有用武之地時，「12B」會稱呼我英文名字，閒著時就是「那個誰」。那晚的大生意，同事們都加班到深夜才離開，營業額是兩萬鎊，是普通員工約一年半載的工資，很不錯吧？然後第二天「12B」第一件做的事不是慰問大家，而是責備經理為什麼有數個橙從水果箱掉了下來，杯子有水漬沒有擦乾淨之類。大家努力謹守自己崗位，難道為了多丁點額外的分紅，聽說還拖欠了同事數個月，或許在「12B」眼中我們連虛情假意也不配，又或許他那時月經剛來了。

又有一天下午，於食評網站收到某顧客投訴餐廳食物差及服務欠佳等，對餐廳來說，網上評價的確是相當重要及敏感。「12B」臉色馬上變黑，當然平常也是死了老爸

的樣子，然後把所有同事緊急召集過來訓話：「叫你們對客人笑容好一點」、「是不是要扣工資你們才會注意」之類。小弟本來兩小時休息的落場時間，出門到了一半又被召回來；有些同事家中有小孩，已經很疲累，下午想小睡一下卻也被叫醒。

或許你也會問：「給批評一下，何需放大？有誰不是忍著老闆的氣過活的？」以上其實只是九牛一毛的例子，諸如同事落錯單點了其他餸菜，是需要承擔當中費用，大家變得人心惶惶，有時不一定是同事的錯誤，橫蠻不認數的食客多的是，如果落錯兩三張單，同事當天可能已經是白做，而同事賠單後，那道菜原來卻又不能自己享用。

最根深蒂固的問題是「12B」從來不曾認知何謂尊重，無論從膳食安排、對員工態度、行為舉止等等。在這裡已不是階級觀念的層次，更是主子與奴才的關係，線人為討好老闆去告發同事各種各樣的違規行為，造成分化與對立。

整個餐廳安裝了大量 CCTV，有些位置亦沒有考慮私隱問題，在平常員工換衣服的地方亦不能幸免，那已經不是為了保安的考慮，而是踐踏人權的行為。有時明明「12B」不在，經理會忽然收到電話，說同事怎樣怎樣；即使在餐廳內，亦經常見他在手提電腦看 CCTV 影像，看來已經到了病入膏肓的狀態。在我離開後一段時間，小小餐廳已經安裝了 40 多 50 部 CCTV，是零死角的監控。無

▲ 老闆最喜愛的柝號

▲ 深夜下班坐的列車，空無一人

所不用其極地監控著你的行為，極權式的管治，似曾相識吧？

同事安慰說：「出來打工就是為錢，看開一點。」我想一下這句似是而非的理論，也頗乎合香港人的心態。的確有家庭、生活壓力，離開或爭取的成本是會大大提升，即使是表達意見也不見得容易開口，這種情況於及後成家立室也深深體會到。

一直也知道自己奴性極重，這或許是從小被指導要做一個「好學生」開始培訓出來，聽話、準時交功課就是好學生，戴口罩、打疫苗便是好市民，的確少有批判性思考，沒有反思自己作為人應有的權利及考究背後這些規範的用意及正當性，慢慢淪為幫兇而不自知。表面你是老闆，員工卻更是你的米飯班主，你對同事太差，同事心情不爽，對顧客亦不會怎麼友善，沒人光顧，生意不是更差嗎？

最後，想揭示「12B」的稱呼其實有另類的含意，請用普通語讀出來。

經　歷　過　殖　民　的　味　道

12B

12B

對！就是「傻 B」了，與當事人的特性行為相當吻合。

屬於倫敦的節奏

P.43

烙 印 在 我 們 的 味 蕾

餐飲業的鐵人生活（六）無知的勇氣

能否想像如果早知道既定的結果，就像看完電視劇大結局才看前一集那種沒趣，而不確定性總會為生活帶來充滿無限可能的魅力。很老實說，如果重來，嬌生慣養的我相信未必有膽繼續選擇在餐飲業工作。

故事繼續，其實當初也沒必要帶什麼衣服來倫敦，那時還擔心行李超重。在餐廳每天都穿著同款工作服，黑襯衫黑褲皮鞋，哼著農夫那首《重新找到你》：「同一個鐘數又上班同一套西裝與襯衫⋯⋯」，然後想著是否已離開了從前那種重複的生活模式？是又好像不太是。原來每天不用想穿什麼衣服也不錯，有時會覺得有點像老夫子，或許是 Steve Jobs。

回想起當年大學的美好回憶，一群良師益友組爸莊員們並沒有帶我去圖書館虛度光陰，而是讓我在宿舍學習「品酒」。最深刻的一幕是在大學酒吧旁的盆栽吐了一整晚，那盆栽之後就再也沒有出現。美好的三年時光匆匆過去，還記得最後搬宿的一天是交雜的不捨，再見科大、再見輕狂。

前往英國前對酒的認識也局限於伏特加及啤酒，還有威士忌加綠茶那種奇怪的配搭。在餐廳難得有機會接觸過百種酒類，即使切檸檬或青瓜作裝飾也有種學問；從前最多只喝即溶咖啡的，現在才知道 latte、macchiato 等的分別，每天也得喝上兩三杯咖啡，看來回不了頭；同

屬於倫敦的節奏

經歷過殖民的味道

時也讓我進入陌生而神秘的雞尾酒世界,「Sex on the Beach」的意境慢慢在腦海中浮現出來。

早前提到,由於當時現職 Bartender 很快於我入職後便離開,很多需要請教的工作及技術失傳,而我的職位是 Bar back,即支援 Bartender 的打雜,本來只是執頭執尾,卻想不到一入職便要獨自支撐水吧。從頭盲目上手是很夠挑戰的,我有理由相信餐廳沒有再請新 Bartender 不是為了省錢,而是對新丁的我有絕對信任……其實真的有點荒謬及絕望。

酒譜除了一系列烈酒、紅白酒、甜酒及不同汽水果汁外,還有數十款雞尾酒,有經典也有餐廳特有的。如果在餐桌落單還可偷時間研究那雞尾酒食譜,但當客人坐 bar 台點雞尾酒,就好像未溫習被老師抽中答問題的學生,記得以前說句 'I don't know' 就過關了,現在就得硬著頭皮去面對。

對飲食業有點認識的話,會知道下午非繁忙時間會有落場休息。每天的兩小時,同事們一般都在休息室睡一下,有位練體能的同事則會去跑步,站一整天還有餘力,厲害。上班第一星期我興致勃勃四處逛逛,附近有數層的大型廉價服裝店 Primark、有個天鵝湖的 Hyde Park、博物館 Wallace Collection 等,後來在一條不起眼的街道竟然找到一間小型的地區圖書館,很自然拿起有關雞尾酒及咖啡的書籍看看。之後每天我會帶同紙筆到那裡自學當中調酒

的知識及技巧。當初感覺到的深奧,不亞於當年公開試的牛頓定律。兩小時忽忽過去,回去再工作的瞬間倦意來襲,但一切來得很充實,是那種久違的存在感。

由於「12B」為市繪之徒(並沒有刻意妖魔化),那些酒類並不能隨便飲用/使用,即使是練習用途,甚至需要記下每天使用份量以防有同事偷喝。中餐的酒水訂單以普通汽水、紅白酒、茶為主打,雞尾酒則較少,苦無調酒的練習機會下,就像考試期間才可溫習一樣,學到的理論技巧變得紙上談兵,多少有點意興闌珊。曾經也要求不如自購材料練習,經理怕被「12B」誤會用了餐廳的酒水拒絕,完美演繹「又要馬兒好,又要馬兒不吃草」。

說到最自豪的技術當然是切水果,因為每天都「被練習」太多的果盤。同事誇獎我回去可以開水果店,我也謙虛的回謝全靠有這家餐廳。「12B」閒時喜愛食水果盤,有時我也會設計一些另類模樣以解悶,好像有一個作品,不是最美卻是最愛的,命名為「老闆之心」。是為「12B」與他女友準備的,表面是一顆心,不過是用黑色的藍莓填滿,以呈現「12B」的內心及祝福他倆的愛情。他倆吃得甜蜜,我也看得開心。雖然這樣看起來好像很小氣,但世上是沒有無緣無故的恨。

而最令人難以忘懷的作品,也是意想不到,竟是那不起眼的檸檬茶。故事開始是好幾位香港留學生,熟客來的,突然很想喝港式凍檸茶,餐單上是沒有,經理就問我會不

屬於倫敦的節奏

經歷過殖民的味道

會調製，我便說試一下。在多種的茶葉堆中，找到最適合
的幾款紅茶，反覆試驗，由於沒有時間放涼熱茶，故把整
壺冰鎮起來，新鮮的檸檬片、糖漿及冰粒另上，高級版港
式凍檸茶隆重推出。好評如潮，一杯看似簡單的飲料讓他
們找到家鄉熟悉的感覺，故每次光顧也必點，甚至會自己
帶茶葉來。他們誠言其他餐廳也找不到這種味道，無他的，
那經歷過殖民的味道已經深深落印在我們的味蕾裡，其他
沒有喝過的人未必懂得欣賞或複製出來。

繼續哼著那首未完的歌－

「當我跟你都同樣地 躲不過這循環

能否趁有限時間

來從平凡裡創出空間」

農夫《重新找到你》

烙印在我們的味蕾

▲ 餐廳附近的圖書館

▲ 開初用落單紙寫筆記

▲ 製作 Bloody Mary

▲ 老闆之心

▲ 高級版港式凍檸茶

經　歷　過　殖　民　的　味　道

屬於倫敦的節奏

P.48

餐飲業的鐵人生活（七）毅然結局

5 月 35 日，記得那年初踏入社會，其中任教的一科是通識課，主要負責環境教育。當時京奧剛過，我們還沉醉在祖國的溫柔鄉，而往後的日子則不用多說。那年的課堂，暫把課程閣置，抽空讓學生去認知那些被埋沒與淡化的真相，匆忙間準備這個題材，越深入去理解，越對這段歷史留下一種難以釋懷的恐懼，亦為當時香港的百萬人上街動容，而當然 30 年後的香港為自己再創下的歷史同樣震撼。

今日身處倫敦，雖然未有參與什麼紀念活動，卻對奴性較重的自己來了一個忽然的覺醒，工作於這個專制的地方，其實就是社會的縮影，無論一些如何荒謬的政策，同事們一般都只會默言接受，即使是多麼的不滿。每日有幸捱過一天，就努力游說自己多捱一下，反正很快便放假，還有幾天便發工資，然後又不當一回事，日復日，年復年，這就是溫水煮蛙。那些口罩令、出行紀錄、疫苗護照、健康碼全部都是按時間表有序推行，因為我們都有著堅忍、善忘的特性，那壺水到最後變得一片和平、寂靜，而青蛙們已經熟透了。

艱苦的日子對我並不真的特別難過，回想起當年那地獄式的公開考試及初出茅廬的拼搏日子，其實也不怎麼回事。最難過是有種病叫「不爽」，不爽自己成為專制制度下的一人，無力地被踐踏；而最悲哀就是另一病叫「認命」，對自己的濟遇滿肚不憤，卻無奈接受。相信那更是

香港人的刺痛，難道來到自由的國度還要受這種苦？

　　無論同事多麼愛我、需要我（我覺得），剛建立的那些情誼，慢慢適應的工作環境，並不能掩蓋著那不甘於現狀的心裡聲音，我鼓起勇氣與經理請辭，這種聲音於往後的日子，即便回到香港工作後仍然被激發並猛烈地迴響著。

　　經理錯愕地問：「剛開始習慣工作又走，都做得好好呀，知你辛苦，有什麼原因直說，係咪有邊個得罪你，直接講出嚟？」

　　既然他打趣地問，我也不客氣地說：「的確好辛苦，不過理解餐飲業喺咁，同埋我都好鍾意呢度啲同事，所以都唔關辛唔辛苦事，真係習慣唔到呢度嘅工作環境，簡單嚟講係因為你老細。」

　　經理說：「哦，又係呢條仆街。」（設計對白）

　　經理無奈地說：「哦，都明白，有沒有找到工作？」

　　（相信我也不是單一例子）

　　我回：「無呀，都搵緊，始終要生活同交租。」

　　經理說：「不如做多一陣，做住搵工。」

　　我回：「真喺唔駛，難得鼓起勇氣，不過好多謝你果時請咗我。」

那是衷心的感謝，對於當初肯聘請完全沒有水吧經驗的我，是多麼的感恩，或許是時機、或許是真的很缺人，而真正原因也不重要。

後來「12B」也嘗試挽留，勸說無論如何多做一下，提升我工資待遇什麼的，而態度仍是那麼的橫蠻無理。的確在那種氣場下不易拒絕，不過已經不怎麼年輕的我，還不會輕信那種不值錢的承諾，尤其來自人格破產的人們，最後禮貌而堅定地拒絕了。

辭職，為難吃的飯菜，加上一樽鹽。反思問過自己是否不負責任，工作不順心不喜歡便辭職，而其實那正正是為自己人生負責的決定，或許我們都虧欠自己太久了，雖然當刻仍為租金、生活惆悵。原諒我不羈放縱愛自由，而自由總需要犧牲去獲得。

無論如何，這裡的工作體驗都會是一世的難忘經歷。

員工宴會前的一頓飯

將來見工面試，如果問我英國這段時間有什麼相關的經驗，我想會理直氣壯回應：「在這我學會了堅忍、日以繼夜的工作、有出單的效率、搬運酒水的物流經驗及能為同事沖咖啡等技能⋯⋯」

經歷過殖民的味道

餐飲業的鐵人生活（終）曾經的戰友

'I can't work without you' 這是意大利 Partner 於我離職時對我說的。沒有我的日子，Partner 後來真的也離開了，而酒吧也於月內換了好幾個外藉 bartender。在西方人眼中向不合理的待遇表態其實自然不過，是文化差異，抑或是我們的思想還沒從奴隸制度之中釋放出來。

香港人愛工作已是「享負盛名」，風雨飄搖的日子，無論是超級颱風、民主抗爭下，只要阻礙上班，一律「面斥不雅」。「工作不是人生全部」我們也會說，這只是理論層面，撇除那些手停口停需要養活一家幾口外，或許真相更像是我們窮得只剩下工作來證明自己的存在？

慶幸地這類的覺醒，或者價值觀轉變，在年輕一代已如茉莉花一樣綻放滿地。

離職對工作過好幾年的我來說，不會陌生，尤其在此沒有升遷的空間與戀棧的權位，更不應有任何留戀，但感覺是輕鬆的沈重。以數月的同事交情來說，本來都是一個簡單道別，而由於每天相處十多小時，感情好像濃縮起來。那患得患失的情感是來自共同經歷艱辛苦難後的微妙伙伴關係，工作環境越惡劣，維繫出來的情感越深厚。

開初同事的確有點 cool，是「高級」餐廳特有的冷傲，與出入茶餐廳走親和路線的我，好像有點格格不入，後來發覺大多都是慢熱的性情中人。或許是現實與生活的迫人，有些比我年輕的同事感覺老練多，反襯年紀稍大的

我，很多事情都需要被照顧，頓時覺得自己太孩子氣，社會經驗太淺。

晚上 11 點多，還有少量客人時 –

「我喺到得啦，你落班先啦！」（而家裡同樣有人在等他回去）

在堆積如山的杯海時 –

「我入嚟幫你擦啦！」（他們忙了一整天其實也很累）

晚上收拾水吧時 –

「這裡我收拾，你先擦水吧地板吧！」（他們亦有其各種清潔工作）

在假日繁忙日子 –

同事幫忙向經理爭取兼職進來水吧幫忙，看到他們為人手安排爭吵，心裡是說不出的過意不去。

曾經我們都有著共同的目標：準時下班，可惜一般也事與願違。當距離最後一班地鐵開出只有數分鐘，就會一起「浪漫」地沿寂靜的 Baker Street 追趕那最後的列車；在用餐時一起怒罵飯菜比狗吃的更難吃，不如在收銀枱擺放「救濟同事伙食」捐款箱。種種的無奈是大家才會明瞭，慢熱的感情存下來的溫度比想像更熾熱。

　　星期天，一如既往的忙，不會因為我的 Last Day 而少了食客，酒杯依舊還是等著擦，水果還有很多要切，熟習的手腕都是反射式動作，再待久一點，或許真的會變笨。這天有意無意的留意各種細節來，同事們的一舉一動變得細膩，通常都是這樣，到失去才會著緊，而那玻璃杯與擦布磨擦的聲音像球鞋與地板磨擦般有著一樣的張力。

　　正經較含蓄的福建同事 A：「剛開始熟啲又要走，都幾唔捨得你！」

　　我 ： 「Could you help me to clean the glasses?」來自斯洛伐克的兼職同事 B：「I will help you if you come tomorrow.」

P.55

▲同事熟落後與當初冷傲的印象成強烈反差

烙 印 在 我 們 的 味 蕾

感情很好的馬拉同事 C:「以後無咗你同我講廢話同粗口，我都唔知點算。」

這位馬拉的同事，對我來說真的有種姐姐的感覺，對我照顧有加。在獲悉我辭職時，已主動幫忙張羅介紹工作，這是難以言喻的感動，亦為之後在英國發展留下伏線。

伙伴是這幾個月賴以為生的動力，大家為生活而留下來，而我以過客的身分較少負擔下就揮袖的離去。值得慶幸是戰友們都陪伴著奮戰到最後一天，窩心的說話是離別的最好禮物，我也送他們最後的道別回禮，於辭職信寫下對垃圾膳食的控訴。離開後大家再聚的機會應該不會多，或許戰友只是屬於戰場上的，會好好記著每一場我們打過的仗。

「但是命運入面每個邂逅，一起走到了某個路口。」《最佳損友》

▲這是離職前對垃圾膳食的投訴信

經 歷 過 殖 民 的 味 道

Chapter 2

飲品調理員（上）

插畫：Da Ho

Chapter 2
飲品調理員（上）

飲品調理員（上）（一）魚與熊掌的代價

話說完成偽水吧真切水果加擦杯機器的餐廳工作，很多朋友也以為我這幾個月捱夠了。一切都是謬誤，離職數天後又再輪迴到另一戰場。

上集提到窩心的同事推薦於旅遊區 Camden Town 一間日本餐廳的酒吧工作，那是河畔的一間餐廳，比起上一間的高級中餐廳，這裡的感覺是活力寫意。見工那天看到酒吧經理，很記得他正在調製一杯叫「Pisco Sour」的雞尾酒，將蛋白分開、落材料、搖曳、滴苦精，最後用籤在細滑的白色泡沫劃了兩個心出來，純熟的手法令人著迷。完成那杯雞尾酒後，他在吧枱前問我懂不懂調酒，我說只會很基本的，心裡想說其實與基本還有距離，而且那些都是自學的。記憶中也不確定有沒有試工，便叫我下星期上班，看來我那舊同事真的很落力推薦了我，或者這裡真的很需要人。

就在面試步出餐廳的下一刻，收到另一份工作的電話

那紊亂的生活節奏

通知。那時同期在網上看到有人發佈在 Earl's Court 的 Starbucks 店請人，幸運地經過面試及試工獲聘，一年前還在辦公室工作的我，真的沒想過會在一間連鎖咖啡店穿上那件綠圍裙。沒有上一份的餐廳工作經驗，這些機會應該不屬於我的。曾經的付出，冥冥中總是有回報。

酒吧方面希望我是全職工作，基於現實考慮，兩份工作只能選一。對於我來說，咖啡與雞尾酒都是很想去接觸的世界，稍猶豫了一下，作了艱難的決定 —— 兩者都選擇了，那當然是有代價的。

同時適應兩份新工作的確吃力，亦遇上搬家的時間，開初時是頗為狼狽不堪。第一項挑戰是考驗記憶力，首先是 Starbucks 各種飲料名稱及其配方比例、落單屏幕的食物位置，那時已經有點吃力；而同時應付酒吧的數十款雞尾酒成份、份量及調製方法。老實說是壓力頗大，手抄筆記是密密麻麻的卻硬記不下來，這刻最需要而又最缺的是時間。

第二項為語文挑戰，從來都知道英文是很爛，現在就確定了。酒吧大部分時間是負責製作飲料，閒時與熟客亂聊一下還好，而 Starbucks 則需要與客人有更多溝通，最直接是點餐時間，猜度客人所點的食物是一大挑戰，聽不明白只好不斷追問：

You mean... / Is that...? / Pardon? / You up what spring?

在這時期中調整著

要知道要求多的「西客」是全球性的，遇著沒耐性的客人，而我沒能好好搞清楚要求的話，那他的樣子會難看極了。當時各種雞尾酒、咖啡術語未掌握好，Starbucks 廚櫃上的包類名稱及其樣貌也未好好認清，好像 croissant、swirl、bagel、baguette、muffin、shortbread 起初也有分辨困難。

有時簡單的 order，亦好像外星文一樣：plain croissant and tall wet latte

我在想：Pink? 什麼粉紅？濕的 latte 呀？

其實只不過普通牛角包、無奶泡拿鐵，還是多讀點書……不得不承認，工作中學語文是很有效的方法。

當中最令人猶有餘悸的是週末恐懼症，每逢週末也有來回地獄折返人間的體悟。餐廳酒吧星期五及週末一般非常繁忙，而為讓自己可以兼顧兩份工作，工時安排是緊接的，早上到下午是 Starbucks、下午到凌晨是餐廳，週末時間表如下（S: Starbucks，R: 餐廳酒吧）：

星期五
S: 5:30am - 2pm
R: 3pm - 11:30pm

星期六
S: 7:30am - 3pm
R: 4pm - 12pm

那紊亂的生活節奏

星期日
S: 6am - 1pm
R: 2pm - 11:30pm

連續數天常會工作 16、17 小時，有時只能睡 3 小時便要開工，體力精神完全過了臨界點，真是一輩子的難忘。每當下班在地鐵放鬆的一刻，空洞的軀殼彷彿不存在著知覺，轉站時基本會過站而不知。那時會問自己究竟在幹什麼？我想是因為沒有時間去思考才可以捱過去。

每一門範疇都是一種學問，的確難以貪心地一步登天，卻希望用一個月等於二三個月的努力去加速進度，而我在英國的下半場也正式開始。

屬於倫敦的節奏

P.61

▲ 餐廳位於河畔

▲ 工作的 Starbucks

在 這 時 期 中 調 整 著

▲一系列不知名的包類

▲工作的酒吧

那　紊　亂　的　生　活　節　奏

屬於倫敦的節奏

P.63

▲ 雞尾酒作品

在 這 時 期 中 調 整 著

飲品調理員（上）（二）Starbucks 日常解構

可能你會說喝咖啡是平常不過的事，不過從一個以往只喝奶茶的人來說，現在每天也會喝兩三杯咖啡，尿液中也充滿這種濃郁的咖啡香，這是我接受了英國文化最明顯的改變，咖啡在英國或許已分不開是生活或是形象。難得有機會在 Starbucks 工作，借少少時間分享下當中日常，是初哥之談，有錯別怪。

培訓篇：

我是 Starbucks 見習咖啡師，我的夢想是希望調配好每一杯咖啡給客人。為提升歸屬感，公司稱同事為 Partner 而不是員工，不過實際分別又不是很大。一杯好的咖啡，咖啡豆選擇、烘焙技術要好，都不是我能控制的層次。這裡使用機械壓咖啡粉，打奶瓶是有刻度，而蒸氣棒到某溫度會自動停止。一切都太先進了，反而有點懷疑自己還算是咖啡師嗎？

對初哥的我，這裡用的咖啡豆已算很香很吸引，只要把奶泡打好，出來的咖啡一般都不會差，或許便是連鎖店的特色，任何人都輕易被取代。經過一星期咖啡調製及點餐培訓，我正式開始接客。

同事篇：

店面不是很大，同事只有好幾個，算是來自世界各地，普遍年齡不算年輕。有來自波蘭的女店長經理，有點

神經質，脾氣暴躁；有愛爾蘭的金髮女士，人很好，幫我這個新手太多，她在努力儲錢讀牙醫；一位美國男同性戀者，說話是有點女性化，很喜歡他準時放工的特性；還有菲律賓女士，人也是不錯的；而本地的英國人，一個也沒有。

衣飾篇：

需穿著黑衣褲鞋，另加送 5 條綠色經典 Starbucks 圍裙，有點多……而有時見到那穿黑色圍裙的是 Coffee Master，需要考牌，應該是比我這綠色的菜鳥技術是有保障的。而當時剛放寬紋身的標準，所以不難見到同事們身上獨特的紋身。倫敦的紋身文化相當盛行，香港近年也不難見到，不再是那種傳統思想被分類為壞孩子的標誌。如果好壞真的如紋身般印出來，那世界應該會很簡單很美好。

點餐篇：

要去咖啡店點咖啡，除了解基本咖啡術語，更需要了解自己口味。份量方面分為 3 個 Sizes：Tall、Granda、Venti 即細中大，相信也不陌生。在這裡的咖啡，Espresso 是基礎，至於落多少 shot Espresso 視乎 Size 而定，然後奶及奶泡份量及質量決定其種類，四種較常點的咖啡：

- Latte：較多奶及幼奶泡

• Cappuccino：奶泡較多及粗，咖啡味較 Latte 重

• Flat White：以全脂奶打出極幼滑質感的奶泡，感覺技術要求較高

• Caramel Macchiato：成份有點似 vanilla latte 加 caramel syrup，愛甜朋友可一試

當然還有很多非咖啡類如星冰樂及茶類等。

不同要求 / 術語：

• Decaf：無咖啡因咖啡

• Syrup：不同味道的糖漿，基本如 vanilla、caramel、hazelnet，marshmallow 也有，不過比起 cocktail 的 syrup 種類則差得遠

• Extra shot：多一份 Espresso

• Extra hot：熱一點，即奶泡打久一點

• 奶：全脂、半脂、脫脂奶、豆奶、椰奶，如無特別要求一般會用半脂奶

• 拉花：這技能需自學，我只能拉最基本的心心類

• Wet / dry：少或無奶泡 / 多奶泡

那紊亂的生活節奏

　　有客人點了 wet 的 cappuccino，我矛盾了好一會，究竟如何要無奶泡的 cappuccino？然後我問 supervisor，她說應該指 Latte。那跟奶茶走奶分別是什麼，那何不直接叫茶？（後來資料搜查後是更複雜，不過在這就不多探究）

日常主要工作：

　　分為三更：早更、午更及最愛的夜更。早上開鋪，5 點左右便要回去收貨及準備材料，那時地鐵還未開，試想想凌晨冰冷冷的走在漫天漆黑的街道上班，冬天飲雪水，點滴在心頭。一般兩位同事一更，我們會輪流製作咖啡、點單、輔助工作如洗打奶瓶、加熱食物、杯上 mark 記號等。

　　客人的名字千奇百趣，很多時也要問客人英文併法，小朋友可以多畫公仔，態度差的客人可以送他一個中文字。空閒時間就是清潔，感覺像清潔師多於咖啡師。晚上客人很少，誰會晚上喝咖啡，都去酒吧了。原則上晚上 9 點關鋪清潔 10 點下班，不過同事們為早放工的齊心是感動的，黃昏便開始清潔，關門不久後已經可以離開。

　　保持親切、打招呼都是服務業需要的，英國對陌生人已經不是稱帥哥美女，而是 "Thank you! Darling."，調情味道十足，反而真正的老公老婆變成衰佬、八婆之類。

屬於倫敦的節奏

P.67

　　上班的店鋪剛好在倫敦市一區，可享交通津貼，當時普通咖啡師時薪 8 磅，高級咖啡師 9.5 磅，再扣兩成多稅，與打劫無異。至於員工優惠，工作時間買食物有 5 折優惠，大概 1 至 2 鎊食一個飽，似乎也不是特別划算；咖啡方面，可於上班前中後各免費一杯，不過經理不在就不需要理會，反正一天喝 3 杯已經太多；另外每星期會多送你一包咖啡豆。

營銷策略：

　　咖啡杯寫上客人名字除了方便辨認，亦可增加客人的親切感；而這裡 Starbucks 的營業時間比附近的咖啡店長，早一小時開鋪，晚一小時關門，多吸納客人；而唯一的一天聖誕假近年也取消，說到底就是賺盡所有。

那紊亂的生活節奏

屬於倫敦的節奏

▲ 奶泡會有效控制於
某溫度

▲ 從來沒有想像會穿
上的圍裙

▲ 英國自然有其專屬
的咖啡杯款式

▲ 肥仔飲料之選

▲ 幾款主要的糖漿

在 這 時 期 中 調 整 著

屬於倫敦的節奏

P.70

▲ 早更的時間天還未亮

▲ 每天不停地清潔　　　▲ 員工可享用半價食
　　　　　　　　　　　　　　物

▲ 員工福利系列 – 每星期一包咖啡豆

那　亂　的　生　活　節　奏

飲品調理員（上）（三）拜師學藝

　　談一談同期的另一份日本餐廳的酒吧工作。能夠遇上好人是緣份，貴人更是福氣，因為從來都知道沒有人有責任對你好。上一份高級中餐廳工作以切水果、出酒水及清潔為主；新的酒吧工作，調酒佔了頗多部分，而且追求速度，感覺現在才是真正踏入這行業。舊技術及經驗基本不太能轉移，從零開始，雖然痛苦，但就是在不熟悉的範疇、沒有身段的考慮，才可無束縛地學習，進步空間就變得無限。

　　酒吧經理 Jay 對我的加入，應該是有點自找麻煩，剛入職遇上暑假超忙的旅遊旺季，旅客排山倒海的前來，什麼也不懂的我存在根本對他幫助不大。他也半開玩笑說：「如果不是看你勤力肯捱，早就炒了你。」一般來說直接請有經驗的 bartender，不用教、上手快是最好。我的加入多少帶點幸運，水吧知識及技術根本是土炮般稚嫩，除了是有朋友介紹，而且剛好是一些有經驗的 bartender 因為身體、操守等問題離開，才得以補上。

　　Jay 其實比我還少一兩歲，來倫敦差不多十年，外地人來到倫敦由於各種經驗語言不通，很多都從事餐廳或建築工作，他的英語及廣東話也是來到才學的，由洗碗、炒菜、樓面做起，在酒吧工作也是先洗杯、開啤酒、服務客人，得到賞識才有機會學調酒，後來被挖角到這餐廳管理酒吧，故事簡單卻不容易。

在這時期中調整著

師徒是一種看似於金庸武俠小說才會有的關係，想不到不經意就像拜了師一樣，雖然不會有一種世俗的儀式，而難得地 Jay 毫無保留地教授調酒技術。手中的搖杯就是小說中的一把劍，而那本手抄筆記就是劍譜，就這樣一招一式的慢慢學起來，記成份、握搖杯、擺裝飾、倒酒術、學酒特性等。聽聲，冰循環於搖杯內撞擊碎裂之聲；觸感，冰與酒瞬間混合變冷之感；觀色，傾倒杯上辨色澤之深淺、裝飾美感；口嚐，送餐前測試口感與原味可有落差。最重要還是要快，正所謂「天下武功，唯快不破」，不然訂單就像狂風掃落葉般蜂擁而來，招架不住。

學師免不了被罵上百遍，忙碌的時候因趕不上節奏或犯錯等會被碎碎念，我想母親也沒有這麼煩，或許是恨鐵不成鋼。起初心急起來，空手爆酒杯也常發生，老闆到餐廳跟我打招呼並不是早晨之類，而是問候我今日有否爆玻璃。有時基本功不夠扎實，卻又貪心想學更多，總希望嘗試一些較高的技術，Jay 便質問我為什麼年紀也這麼大，還跟年輕人一樣做事這麼急進。這趟出走，撇下家庭的經濟壓力，難得家人的體諒與支持，只希望收獲更多才不枉他們的犧牲，就是因為只有這一年多的時限才希望學多一點，回到香港很難想像會再有放下經濟現實及身段的勇氣。當時也沒有向他解釋什麼，報以一笑便算。

別看 Jay 很嚴厲的感覺，也有關心的一面，食飯及休息總會先考慮我，有好餸菜也總會預留給我。尤其那時於市集開檔後回去上班，每次也很關心我生意如何，不好的

時候也努力安慰著我。雖則我的工時是與全職分別不大，但工資是以時薪計算，於老闆的角度，只有忙碌時段或全職同事休假才安排我們這類「呼之則來揮之則去」的兼職員工。Jay 會覺得我離鄉工作，希望讓我多賺點錢，有時安排不忙的時間也提早前來準備。他也解釋到不想只有忙碌時才安排工作給同事，不忙時就立刻叫你下班，這樣有點不近人情，反正錢又不是他的（這才是人話）。更難得是肯放下架子與做下屬的我一齊洗杯、搬貨、搬垃圾，同理心並不是所有人都會擁有，尤其存在階級關係之上。

　　調酒的過程中學習掌握著那搖杯的節奏；而我那紊亂的生活節奏，亦正好在這段工作假期中慢慢調整著。

P.73

▲嘗試用不同的方法將技巧及配方記下

在 這 時 期 中 調 整 著

▲ 同事預留餸菜，異常窩心

▲ 員工膳食比起上一間餐
廳高下立見

▲ 經理同樣會做抹杯搬貨的前線工作

▲ 努力練習

那亂的生活節奏

飲品調理員（上）（四）重生的抉擇

　　一下子將場景搬回 Starbucks，還記得早前提到那有點神經質、脾氣暴躁的波蘭店長。作為新人的我，未能乎合其心意，經常被惡然言相向，當一個人不被喜歡，連呼吸也會是錯。波蘭店長除了經常以嚴厲的語氣指令我說 "You have to xx" 或 "Don't xx"，甚至不滿意我的程度要限制我站立的位置，那是一至兩個階磚的範圍，那時無限委屈，心裡質疑著：「你期望一個新人是一切都熟練嗎？」。為此，我努力記下製作各種咖啡的程序，還刻意到 Starbucks 網頁背那些產品，又把下單的屏幕影下來溫習以盡快剔除新人的標籤。

　　和我較要好的愛爾蘭同事 Patrycja 見我鬱鬱寡歡，也好心主動安慰我。她在這鋪工作了相當的時間，見證店長的脾氣，原來也不是我的專利。有時人手不夠，其它鋪也會調動同事過來幫忙，她說曾經有同事來頂替一天後，因為店長的惡劣態度便斬釘截鐵說再也不會過來。Patrycja 也跟我說了一些舊同事對那店長的評價："She is mad" / "Has she taken the drug?" / "Crazy! Crazy!"。我們的店鋪主打街坊客人，沒有很忙碌，而且客人一般也很友善，故很少同事會離開，但店長才來一段時間便趕走了兩位相當資深的同事。

　　我剛入職不久店長開始放大假，假期期間一切相安無事，工作開始慢慢上手，和同事相處也融合。後來她放假回來，輕鬆的工作氣氛一下子凝結進入寒冬，甚至是惡夢。

她察覺我經常於五六日下午請假，責怪說還未過試用期可以辭退我之類。還記得當刻已經 3 日內工作 45 小時，達到油盡燈枯之際。聽了她那段說話，心裡怒火瞬間燃點起了，但忽然又好像鬆了口氣，像找到了一個解脫。辛苦並未能把我嚇退，而讓人頭也不回的便是那種哀大於心死之絕望，那種努力過後卻並未獲得認同之絕望。或許她的話也不無道理，而既然說出口了，也不便強留。

這種同時兩份全職的極限工作生活約莫維持了兩個月，每次週末放工回家後坐下身體崩潰的那刻，卻又要強行違反地心吸力地趕著洗澡睡覺迎接明天的早更。這算是英國打工度假的體驗里程碑，難忘卻一輩子也不想再試，還深刻記著於 Starbucks Last day 睡醒後的重生感覺。

無論是「12B」或這個波蘭店長，深切慨嘆好的上司或老闆不是必然的。Starbucks 成為自己最短暫的長工，加上上一份工作毅然的離開，不免反省是否自己不懂討好上司，反省過份自信不懂取捨，反省那種浪漫主義過剩掩蓋了現實，反省不順心便任性離開的衝動。

那紊亂的生活節奏

D O N

▲空閒時間練習打奶

▲最後一天與菲律賓及愛爾蘭同事拍照留念

在 這 時 期 中 調 整 著

飲品調理員（上）（五）下班後的那杯治療藥水

再次回到餐廳，餐廳分為四大部門：酒吧、廚房、壽司吧、樓面，廚房因地域問題，較少接觸，而與其他部門關係還算不錯。利用自己酒吧之便，為同事沖調咖啡及飲料，慷老闆之慨，何樂而不為，可練技術又讓同事舒緩工作之苦，不時還可換點小食及消息回來。有時會幫忙在 Working Holiday 的群組招募餐廳人手，主要是台灣及香港人應徵，我們背景相約，多少也有一份共鳴。

於酒吧工作也不用擔心要健身或減肥，除了長期站立外，執整貨物亦是很好的免費肌肉提升途徑。一星期有兩天是酒吧補貨的日子，那天會有大量的酒水一箱箱的送到餐廳，由於是平日，只有自己在餐廳，面對那批酒水高牆，脆弱的雞蛋如我究竟如何可撼動？為節省位置，貨物會儲放於餐廳地庫位置，那裡只有半層的高度，平常同事只會進去小睡一下。先把貨物搬到入口處，再半爬半蹲、手腰腳並用的將貨逐箱逐箱拖進去。聽說從前有位身材火辣的外藉 bartender，穿著高跟鞋搬運酒箱，同事們那時都表示驚歎不已。

夏天陽光明媚的日子，旅客區的 Camden Town 人潮如湧，飲料的單變得以倍數上升。做單、出酒水、補貨、洗杯、清理垃圾，由中午到晚也沒有停下來的跡象。製冰機的冰已清空，排山倒海的杯未趕及清理，那時是充斥著絕望，身體累到已經崩塌，靈魂也像離開了。然後你或會問，有沒有這麼誇張？Jay 和我二人負責的酒吧在那時處

那紊亂的生活節奏

理了整間餐廳 1/3 或者更是一半的營業額,而廚房和壽司
吧,有約 8-10 個的人手,雖然不能直接比較,希望可感
受到當中的壓力。相比增加工資,更希望的是多些人手到
酒吧幫忙。後來發現樓面送酒水的速度越來越慢,我便知
道我做單越來越快了。開始掌握那種單無論怎樣飛出來也
不會亂的節奏,是那種兵臨城下,屌那媽頂硬上的節奏。

接近凌晨放工累至半死,最期待的並不是宵夜,而是
那杯為自己調製的 cocktail。坐在吧台上喝一口酒,整天
的疲勞便得以舒緩,再多喝一口便獲得重生之感。餐廳打
烊後有時間也會留在餐廳與同事們多喝兩杯聊聊天,生活
圈子各異,題材變得更豐富。朋友探班時,亦會邀他們坐
在吧台前邊聊天邊工作,並為他們送上特飲。閒時 Jay 分
享很多同事之間的情愛及恩怨故事,聽起來讓人津津樂
道,我們甚至繪畫關係圖,分析同事千絲萬縷的關係。可
能大家生活苦悶,同事見面的時間比家人還多,自然有很
多瓜葛。

剛好遇上了萬聖節,在英國是頗具氣氛的節日,餐廳
還特意請了位化妝師為同事悉心打扮成為各種鬼怪。認真
想了良久,決定打扮為當時日本動畫界享負盛名的「無臉
男」作為客席 bartender。站在吧台上,我木無表情的樣
子不小心嚇壞多位外國旅客。那時為了應節,亦買了個南
瓜用心雕刻起來,算是第一次這樣投入這個節日裡。

有時平日下午,特別是冬天不忙時,酒吧只有自己一

個就會很納悶，又不能坐下來沒事幹。塵埃也變得有用起來，可以用以打發時間，酒瓶、酒櫃都擦得乾乾淨淨，沒事做誠言有點像坐監，只不過是有償的。我們甚至以餐廳的營業額為賭局，輸了晚上罰飲酒或買刮刮樂。晚上老闆回來結賬時，心情好會分享一些以往的江湖故事，或講述一些有趣的餐廳往事，說起來眉飛色舞，好像某同事曾經借醉行兇之類。甚至會取笑同事間曖昧的關係，並邀請他們「打茄輪」獎賞 500 鎊之類。

▲搬運酒水是免費的健身

▲暑假的酒吧單多得驚人

▲下班喝一杯，身心舒暢

▲淡季製作幸運輪盤以供下班遊戲用

那紊亂的生活節奏

那時餐廳好像一個大家庭一樣，慢慢建立起久違的歸屬感來。（待續）

▲天氣好會到露天位置用餐

▲打扮成「無臉男」作為客席 bartender

Chapter 3

我要開檔（上）

插畫：Da Ho

Chapter 3
我要開檔（上）

我要開檔（上）（一）市集初體驗

　　還記得那個波嗎？認識我的朋友或會有印象，在前往英國與離職之間的機緣巧合下參加了一個以「菜頭菜尾」為主題的烹飪大賽，僥倖地獲得季軍，得獎菜式是利用蕃茄薯仔湯的湯渣、東菇蒂等，製作成焗薯及薯波，當時作品名為「薯雪雪」，不知還有否印象概念來自當年蕭正楠某廣告。

　　坦然自己廚藝很一般，也是第一次參加烹飪比賽，從來都感覺是陪跑玩玩，只不過對喜愛的菜式會熱衷追求更好的味道。在還未對咖啡感興趣前，是個港式奶茶愛好者，還特意去上堂學沖調奶茶，然後購買設備如銻煲、茶袋、電爐回來練習，試過偷偷襯老闆未上班前開檔沖奶茶給同事喝，紅茶在茶袋沖撞數回後，茶香於辦公室飄散著。說回參賽的薯波，可以說是經歷了無數試驗，無論煮法、材料、口感及外觀等也調整改良很多篇，那時侯感覺每天都在喝蕃茄薯仔湯。話雖如此，可以躋身決賽已經是神奇，

珍視的人會賦予它價值

何況最後還進入了三甲。

　　曾經我也想帶著這個 Magic Ball 到來英國開店發展，藉此獲米芝蓮賞識，慢慢改變英國的飲食文化，然後登上時代雜誌的風雲人物之類。Sorry，重度幻想症發作，不過經營食檔是這次前來英國打工度假的其中目標之一。對於並沒有資金開店，市集理所當然是較易入門的渠道，亦可先試市場的反應，更甚是測試自己是否營商的材料。可能也是因為有種市集情意結，曾經有段日子在週末的西貢海濱長廊市集擺賣過一些環保產品，海風送爽，交雜汗水，記起那貫穿海岸的碼頭、排列整齊的艇、連綿的山巒、漫天的雀鳥，還有遊客、行山客及溜狗人士的輕鬆笑容，這就是香港後花園的景色。最後放下心血，交給拍檔後便揮袖而去來到倫敦。

　　上網尋找一下，倫敦市有著大大少少的市集，具規模的也有十來個，如 Brick Lane Market, Camden Market, Old Spitalfields Market 等，特別提及這幾個市集是因為它們對我具有相當意義。閒暇的日子便會到各市集取經，亦可以順道找藉口到不同區域認識一下倫敦。

　　小區市集一般地道而富親和力，主打附近居民，以農產品及小食檔為主，鄰居藉此相聚聊個半天打發時間，賣的或許是人情味；大型市集側多元化而具活力，以迎合各地慕名而來的遊客。走文青或藝術線路的可以看看畫像、手工藝等，甚至是滿街的塗鴉。在香港藝術家是屬於瀕危

生物般的稀有，獵殺他們的是叫「生活」的天敵。而在英國文化多元的社會上，身邊平凡不過的普通街坊可能已經是深藏不露的藝術大師，隨便在街頭或倫敦地鐵內表演的即使不是天籟之音，也足已令你長駐細聽。一個城市的氣度與魅力，其實不需要找名人刻意在螢幕上堆砌出來，在街角的人們會自然分享讓你知道。然後不其然會更欣賞在香港的文化狹縫中仍努力尋夢的人們。

喜愛尋寶的人們，市集更是樂園，形形式式的二手店，不難找到具歷史的痕跡。買套維多利亞年代的瓷器 High Tea 一下，會否更貴氣點？再抬頭細看，是滿街的紀念品店，售賣以英國文化為主題的商品，米字旗、披頭四、威靈頓熊之類，通常都是南亞人開的，當然他們還會開炸雞店及凍肉食材店。

終於到最關注的食物檔，英國是美食沙漠，相信很多人都不會否認，而市集的美食種類當然不止 Fish & Chips，歐洲各種代表性食品如芝士、紅酒、風乾豬肉、海鮮炒飯，亞洲美食如壽司、點心、越南河粉亦隨處可見，甚至非洲風情都偶可一嘗。價錢由數鎊到十多鎊也有，對應香港街頭小食不特別便宜，節省的我一般最多試一兩款過口癮。後來知道那種多元化其實是主辦者刻意的安排，不會因為多數人喜愛珍珠奶茶，便容許市集過分單一，然後鬥到你死我活，而那些想喝印度拉茶的，就只好去印度喝了。

值
價
珍 視 的 人 會 賦 予 它

某天逛遊 London Bridge 附近擁有數百年歷史的 Brough Market，看見人流如水，想像如果能投得這些檔攤，還需要擔心生意嗎？市場內那典型英式酒吧外放著數個木酒桶，讓遊客擺放酒杯輕鬆站著聊天，那是一個很深刻而屬於英國的畫面。而酒吧對面有些臨時食檔，看到熟悉的身影，是酷似「薯雪雪」的炸物，那些擬似「抄襲者」，竟是 Jamie Oliver 團隊的年輕廚師們，不過是慈善義賣就暫且保留追究責任（說笑）。看見那價錢，掙扎了好一會，5 鎊 4 粒，是十多元港幣一粒，相同價錢我可以製作一整盤了。吃下一口，味道與餡料是截然不同的，評分如下（5 為滿分）：

正版薯波 vs 擬似老翻		
賣相：	3	3.5
味道：	4.5	3
層次：	4	2
價錢：	5	1

以上純屬個人主觀意見，自 High 一下也不失為過。

"Before I die I want to ......"

市場內有塊黑板，可以隨意讓遊客填上去完成屬於自己的願望 / 夢想，看似無聊及矯情，但或許當你經歷多了無常及天災疫情過後，驚覺死亡根本不是那麼遙遠，是時候面對一下這個問題了。

奶
茶
魚 蛋 是 平 凡 的 食 物

▲薯雪雪

▲「菜頭菜尾」烹飪大賽有蘇玉華、Jacky Yu 等作評審

▲市集可以找到不同年代的瓷器

珍視的人會賦予它價值

▲ 不同的市集食檔

▲ 於市集看到類似薯波的小食

▲ Jamie Oliver 團隊

奶茶魚蛋是平凡的食物

我要開檔（上）（二）5 星星證書

　　要在陌生的地方插旗，總不能只在市集走走，看中位置，付租金後第二天便可以營業。於是嘗試根據各市集做人流、檔攤類型及地理交通等評估，研究各市集的申請資料，網上找不到便直接到其辦事處白撞一下。看著那一系列的申請條件，有點無從入手的狀況，聯絡負責的政府部門又未能獲得很全面的回應。那時因為很想很想去達成，便硬著頭皮闖關去。

　　第一關是考取餐飲業者相關的食物衛生及安全證書，還好有網上課程，而考核內容不太難，大概一個下午便完成任務。第二關是設計售賣的食物類型及計劃書，市集的挑選條件都著重特色，自然地那些奶茶、魚蛋便浮現在腦海裡，薯波則被閣置了一旁，或許是心裡掛念這些港式食物，或許是有種責任令其在更多地方有尊嚴的存在著，又或許我根本只餘下這些。放下文書工作好一段時間，原來要撰寫份計劃書也不容易。

　　第三關屬於 S 級任務，是要向衛生部門申請餐飲牌照，難度高是因為除了遞交相當的文件如申請書、第一二關的關卡禮物外，亦要審查營運模式及處理食物地點是否乎合衛生要求，如最少兩個清洗設施、冷熱水供應、員工更衣室之類。我在想除了餐廳，會有什麼地方有這樣處理食物的廚房設施？而如果有能力經營餐廳，還會需要去市集擺攤嗎？於是嘗試請求房東借用其單位作為登記用廚房，再改裝一下，當然房東沒可能答應，而且會影響其他

屬於倫敦的節奏

P.89

值價

珍視的人會賦予它

租客；想過租住 studio 或租廚房，但費用著實不便宜。

　　理想與現實就是隔著一條那麼闊的鴻溝，同期其他任務亦宣告觸礁，於各大小市集的申請要麼石沉大海，要麼條件太嚴苛如要天價的入會費或者只給予該區的店鋪。夏天黃金檔期估計沒有空間給予我這種沒經驗的經營者。計算一下所需的設備、租金、儲存及運輸等所需開支，都不像剛夠交租的自己可以應付得來，或許這些機會根本不屬於我的，我覺得自己及銀行戶口是零。曾經還異想購置美食貨車，一切感覺相當遙遠。

　　困難逐步浮面，理性地評估成本效益及可行性，再掙扎好像也變得徒勞，何不張開雙腿好好享受英國的生活，反正當時打工收入也開始穩定。然而前列腺所釋出的雄性荷爾蒙引致的反射式渴望後群，腦內就是不受控的想著各種方法去達成開檔的目標，一切都是來自那種不甘心，為

何自己就不能超越這一步呢？

　　世事如棋，某天在那洗澡的瞬間，思緒與泥塵清空之際，S 級任務的方案便在腦海浮現了。記得與那衛生部門同事相約在家中附近的咖啡店會面的情境，細緻匯報我營運檔攤的計劃。數星期後收到衛生部門發出的餐飲牌照，是最高衛生級別的五星，那時有如公開考試獲 5 星星的感動，我想那刻應該要像狀元般拿起五星證書拍經典的跳躍照。

　　S 級任務勉強完成，還剩下漫長的 n-1 步，那時躊躇滿志地認為在英國應該會留下更多屬於自己的腳毛。

我要開檔（上）（三）Next Station is...Waterloo

作為 stick-holder，不是指持份者，是指作為男人，誰甘於看老板或上司的面色及忍受其「親切」的問候：「呀 Note7，唔係，係 Richard，今日唔記得帶腦返工呀？做咗啲屎出嚟，你想自己食返定我親自餵你食？」

「公司 30 周年，呢個大 project 交畀你做，點睇？」「老細呀，而家跟緊果個 event 都甩甩地，不如……」「搞唔到？」「都無問題嘅。」面對無理的要求時，有否 Say 'No' 的勇氣與能力？而我們的懦弱又孕育了多少的惡魔及壓榨的文化？

誰又欣然接受升職加薪如乞米一樣：「呢年你表現都唔錯，不過仲差一啲啲，下年好大機會升你，畀心機繼續努力。」每年同一時間，同一番說話。騙局每刻都在發生，卻又不敢不相信，或者有希望總比沒有好。

以上為設計對白，不知大家有否共鳴？誰想受這樣的氣？誰不想擁有自己的事業？誰不想一個個真•勵志故事發生在自己身上？可惜缺乏了什麼特質或者背負的太多，只好變賣青春、尊嚴、靈魂去換取「安穩」的日子，或許是在亂世求存的選擇，也許不是。

早前提到同時在打兩份工作，又忙於準備開檔，有點吃不消。知道自己太貪心，那時並不是只為了賺錢，更是珍惜於不同工作地方學習新技能的機會，往後回到香港很可能再不會有勇氣和衝勁去離開那個既定的「主流」。最

奶

茶

魚　蛋　是　平　凡　的　食　物

後把 Starbucks 的工作辭掉，希望用在英國偷來的一兩年，更集中去發展事業。

市集申請一直沒有回應，嘗試試探餐廳老闆可否借用門外露天位置擺放檔攤，餐廳位於旅遊區，效果應該不錯；又想過做流動小販，後來發現一樣需要牌照，但怕被拘捕需要保釋便打消了念頭；或許應該折衷從小型的社區市集開始先儲經驗。

忽然有一天，終於收到電話回覆，就是說申請的市場名額滿了⋯⋯失望之際，竟轉介到另一新開發的戶外市集，那是位於大型室內市集 Old Spitalfields Market 旁的一條內街。雖然每隔一個星期五才可開檔一次，只要有平台發揮便可以了，亞視也沒關係。或許也因為暑假旺季過去，新手的機會降臨。

開檔前 4 天

由收到通知到開檔日距離為 4 日，文件未交齊，一切設備、食材、容器未採購，實地考察更不用說，而且這幾天也要上班，不過 4 天對應香港的節奏其實已經很長。

前天

早上到附近雜貨店搜購食具用品，在網上找有否類似貨車的運輸平台，並不像香港的容易，而且價錢亦貴數倍。晚上放工回家趕忙執整物資食材工具等至凌晨。

珍 視 的 人 會 賦 予 它 值 價

當天早上

7點多起來看著窗外下著雨，命運要作弄人的話，也不需要多解釋。撐著傘等待昨天幾經轉折下才安排到的貨車司機，最後遲了半小時才來到，然後由西倫敦向東倫敦進發，車程因天雨道路擠塞整整多了一倍時間。當天還誠邀台灣的義氣舊同事前來幫忙，我們下雨中找到檔的位置慌忙開檔，那時候還是滿懷希望的。

開檔了

由於時間倉猝，恃著多年的喝奶茶經驗，之前亦上過一些沖調茶餐廳飲料課程，故先以比較有信心的港式奶茶及檸茶等為售賣物品。當然也沒有時間好好設計檔攤，只隨便把物品、餐牌等整齊放上枱面，比起附近美輪美奐的食物車、設備齊全的美食檔，相形見拙，有種穿著 tee shirt 短褲出席畢業晚宴，站著如嘍囉之感。

市集鄰近商業區，旅客因暑假過去已明顯不多，顧客主要依靠附近上班族。場地負責同事為支持我這新檔攤開張，主動買了一杯港式奶茶，評價還好，希望不是客套說話。時間一分一秒過去，還是沒人問津。難道要穿最閃的衫，扮十分感慨，才可吸引注意嗎？午飯時間，街上也陸續出現人流，旁邊賣英國出名的 Scotch Egg 也有不少捧場客，故不能全賴天氣影響生意。終於有人前來詢問，我報以今天最燦爛的笑容回應。

我：Hi sir, any drinks for you?

奶茶魚蛋是平凡的食物

人：ai...Could you change some coins for me?

我：...（Shit）Sure.

　　數小時過去，再也沒有任何生意，我深深地呼了口氣……整個人就這樣洩氣了。

　　趕忙收拾檔後，但預約好的司機一直沒來，亦聯繫不上。回程路上陽光終於出來，想是恥笑我的不自量力。物品運回家後，心情還未平伏便趕著上晚班，比預計時間整整遲了兩個小時，還好經理也體諒。放工時附近地鐵站又如被安排般的關掉，需要多走到下一個地鐵站，就這樣整天花在交通運輸時間就有 8 小時，直航的話差不多可以回香港。

第一次開檔結算：

　　賣掉一杯有折扣的奶茶給場地負責同事

　　收入 2 鎊

　　租金及食材成本 40 鎊

　　車費 110 鎊

　　第一天蝕了千多元港幣，用了半年時間籌備，雖算不上長時間，卻想不到落得如此結局。那天感覺是在倫敦最黑暗的一天，被白幹一場的無力感充斥著。那晚下班坐在 bar 台上喝了杯 Gin & Tonic，London Dry Gin 為英國產的烈酒，加入杜松子蒸餾而成，與曾經拿來治療瘧疾的

Tonic Water 混合喝就是這麼合襯，那晚它舒緩了我那重度失意症。

　　自以為在 Starbucks 及餐廳水吧工作了一段時間，賣飲品應該算相對有經驗，但開檔確實包含更多的學問。曾經大學的零分試卷，掛在 Hall 房間的牆上，警惕自己，人生第一個零分。而這一次有如滑鐵盧戰役中人類歷史上掉以輕心的慘痛教訓，同樣亦緊緊刻在心上。

▲第一次開檔的簡陋外觀

▲旁邊的檔生意不錯

▲治療失意的 Gin & Tonic

▲ Next Station is...Waterloo

奶茶魚蛋是平凡的食物

我要開檔（上）（四）香港旗飄揚

　　看到自己家鄉的旗，眼淚就忍不住心裡流下來，沒有太誇張，雨傘運動之後，身份認同是一種難以言喻的追求。打從開始只想申請一個檔攤，賺點生活費及另類體驗，當然更（妄）想過成功闖出名堂。而經歷設計食譜及檔攤名字的過程，就會想能否為這趟旅程添上更多的意義。時而香港社會情緒被運動的終結而抑壓下來，深感鬱悶，故成立「飄泊英國之香港人為遠方家鄉打氣及將香港飲食文化柔性入侵外地聯合會」，簡稱「HK Cheers!」

　　倫敦市集／店舖不乏台灣美食，珍珠奶茶當然是過江猛龍，刈包等其他台式小食也嶄露頭角，反而那時感覺港式地道食物檔卻沒幾個，當然不包括唐人街的那些粵菜，希望有天完成這本遊記時，港式食物、文化已經在當地遍地開花。或許台灣夜市及擺攤文化盛行，又或許其環境政策或工資等因素，孕育其一個個的創業夢。在香港小小鋪位租金動不動數十萬，要賣多少萬粒魚蛋才可賺回本金。阿哥，你還是回去打工吧。

　　到英國前的我對坊間的普遍飲品也沒有特別留意，咖啡也只停留在即溶階段，而且不韻英國當地口味，故嘗試不同的配搭以測試市場反應。利用水吧工作之便利，將調配 cocktails 的各種味道加進奶茶、檸茶內，再以神農嘗百草式試味，經理經常害怕我會中毒。其中一個口碑不錯的 Bloody Rose Tea Latte 就是將玫瑰與港式奶茶混合出來的結晶，後來陸續推出了鮮奶抹茶／Chocolate

值價珍視的人會賦予它

Wonderland／紅豆冰等，並以分層效果呈現。

　　老實說如只賣飲品應該很快結業，故慢慢開始引入各種小食及午餐等。第一款想起便是經典香港街頭小食咖喱魚蛋，千萬不要認為只要將咖喱汁及魚蛋混在一起便是，當中使用的材料也接近 10 款。那麼採購食材困難嗎？大部分其實在中超走一趟也能買到，反而是價格不便宜。在唐人街幾間出名的超市努力格價，可能形跡太明顯，驚動保安認為我是間諜之類，一直監視及跟蹤著，很不舒服。後來選擇前往 Zone 4 較偏遠的大型中超購買，那裡一般是給予開車客大量採購用，我其實也開著車，不過是手拖購物車。

　　這段期間總計約推出了十多廿款食物，有港式也有西式，蒸炸煮炒焗也齊集，有時頻密到每次開檔也有新款式。可能你會認為很普通沒什麼吧，只能說要達到那種合適的味道，每款食物的 trial and error 是另類的磨鍊。而針對咖喱魚蛋推出了一系列款式，如火炙芝士魚蛋、魚蛋飛碟、魚蛋撈丁等，最後還是咖喱魚蛋最吸引。很多事情經歷過後，才發現本來的是最好，食物如是、地方如是、人也如是，無論是否早知結果，那輾轉重複的嘗試與折騰或許是少不免的。

　　除了在家中試驗烹煮不同食物外，另一項重要工作是製作宣傳品，包括餐牌、裝飾及產品照等，初期以較土炮的手作為主，最令人自豪的是手繪版串燒魚蛋三兄弟，每粒魚蛋都有其樣貌及表情，以表達本檔靈魂食品的特色。

屬於倫敦的節奏

P.98

奶
茶
魚　蛋　是　平　凡　的　食　物

後來為提升檔攤的美觀性，開始印製一些橫額，而大型的宣傳品當然會吸晴，但亦要考慮運輸問題。基於成本考慮，第一次開檔後已經由貨車改為地鐵巴士，整個運送過程變成一項大挑戰。

剛來倫敦的時候，地鐵內沒有網絡，覺得是被囚在車箱內般無聊，後來卻發現這反是一個更自由的地方，是對於繁忙城市人靜下來的機會，即便身旁是吵雜的人聲，心卻得到前所未有的安寧，感覺是真正屬於自己的時間。打文章、設計食譜及複習 cocktail 資料，便是利用上下班於車廂內這兩小時的二度空間進行。尤其回家體力歸零時，感覺與思緒出奇地實在及清晰，有時甚至會專注得過站，這篇文章初稿時剛好便發生了。

在英國生活，並沒有過得特別舒服，卻意外重啟了對生命的熱愛與憧憬。慢慢發現創作與嘗試原來會令人如此樂此不疲，無論是接觸另類的工作、生活模式甚或營運小生意，與從前那種影印生活及跟從規則做事是兩個世界，是那種沒有框架的追求。更覺以往身處之教育制度與社會規範的凶險之處，一誕下便無止境追趕那被定義了的成功與價值，「真我」與受規範「理想的我」是如此對立。並不是完全否定舊日的自己，不過會是時間思考人生還有其他選擇嗎？選擇一個由自己定義為「成功」的生活與人生。

最後願我們的旗幟能在世界上毅然地飄揚。

價值予它會賦的人視珍

屬於倫敦的節奏

P.100

▲ Bloody Rose Tea Latte 及紅豆冰

▲ 咖喱魚蛋系列小食

奶 茶 魚 蛋 是 平 凡 的 食 物

▲ 咖喱魚蛋用上至少 10 款材料

▲ 手繪餐牌及串燒魚蛋三兄弟

▲ 旗幟飄揚

珍 視 的 人 會 賦 予 它 價 值

我要開檔（上）（五）同路人的加持

常有聽說對英國的生活體驗用沉悶去形容，在這並沒有很刻意想替英國平反，甚至也會部分認同。如果你不喜歡足球，又剛好對歷史不感興趣，又遇上冬季來臨，那麼的確會容易鬱悶，無論如何，生活圈子及娛樂與香港相差太遠，所以對我來說答案是 Yes and No。

我不是足球迷，不過也喜歡到倫敦酒吧感受氣氛；對歷史也沒有很感興趣，不過很欣賞對歷史尊重的人及地方，尊重歷史是感情的延伸，是愛護這個地方的表現。英國到處是百年建築，那種文化氛圍不是一棟棟摩天大廈可營造出來，再看看家鄉那被無情拆卸的一級歷史建築皇后碼頭、消失了的囍帖街，全部也得不到善終，一切只從經濟的角度考量下，留下只是虛有繁榮外表的空殼。

參觀過眾多倫敦博物館，最喜愛的是那位於 Lambeth Road 的戰爭博物館，外觀規模比起大英博物館相差太遠，卻前後吸引我去了三次之多，每次看的主題分別是一戰、二戰、大屠殺，雖然是建立在傷痛之上，感覺與英國或者歐洲多了一份感情的聯繫。

英國的音樂劇也是一種歷久不衰的呈現，小時候英文課本讀過的 Phantom of the Opera，仍然是殿堂級的作品，那天我們更穿上西裝隆重其事去欣賞；更能牽引著共鳴情緒的是那《孤星淚》，那令人動容的樂曲、呈現的情

操，已不需要華麗的舞台裝置去修飾。

我們常說 Monday 是 blue，但倫敦整個 Winter 也是 blue，起床不久便日落，不懷疑人生才怪。當冬季慢慢過去，上星期還下起難得一見的雪，忽然有一天走進公園，看到萬物逢春時，那種愉快心情足以持續一整天，是黑暗後的曙光。

想起 Samuel Johnson 有一句："When a man is tired of London, he is tired of life; for there is in London all that life can afford." 或者開放自己發掘一下，會有更多吸引的事物在等著。

抱歉離題了一下，繼續開檔去，除了現在的 Old Spitalfields Market，當然想開拓更多市集機會，原本市集的中介推薦了 Baker Street 的聖誕期擺檔，但忽然又滿額了，當時舊公司餐廳其實也會在同一市集推廣擺賣，對決的機會便落空了。或許基於內疚，中介介紹了其他市集，而聖誕特別版小食「Christmas Ball」，也是當其時研發的，一個個打扮像天使的聖誕魚蛋，像向顧客唱著聖詩傳遞歡樂一樣。

在居住社區附近西倫敦的 North End Road 每季也會舉辦大型節日慶典，很幸運地抽中成為其中一檔。可惜那裡沒有電力提供，試著問附近的店鋪借電不果，沒辦法，只好臨時轉用 Gas 爐。這次位置比較近，推著手推車大約廿分鐘左右便到場地。

珍視的人會賦予它價值

大會把整條街道封鎖，悉心佈置這個季度的慶祝活動，場內竟設置了小型機動遊戲、現場表演，及一些英式的角色扮演等。由於是星期六，遊客主要是附近的居民，少了上班族的匆忙與帥氣，卻是悠閒與親切。

那天生意很一般，看來還是要時間讓當地人慢慢接受異地的食物。在用食物夾翻動那魚蛋之際，聽到一把溫柔而又熟悉的語音向我們打招呼，抬頭看是一位亞洲面孔的年輕女生，她是剛好在逛街看到我們的旗吸引過來的。我們傾談了好一會，那是他鄉遇故人的感覺，那是奶茶與魚蛋的知音。Evian 是在附近居住的香港留學生，是位很有才華的女生，喜愛古典音樂，她便成了開檔後認識的第一位香港人。後來每季的 North End Road 市集也有前來支持，即使有次碰巧有其他事情不能出席，竟也指派了男朋友來光顧。

為了吸引更多的顧客，成立了 HK Cheers! 的社交專頁，開初獲得身邊朋友 follow 及支持，後來在一些英國打工度假群組分享，出乎意料地有些迴響。有時會想奶茶魚蛋不過是平凡不過的食物，賦予其價值的是珍視它背後價值的人。很感謝倫敦的香港人慕名而來光顧，有時甚至會佔了一半的生意額。想不到真的有朋友遠道而來，由倫敦東至西，就是為了那杯奶茶，事隔數年那奶茶的溫度仍在。

在 North End Road 市集認識了另一位活潑的年輕朋友阿踩，對香港有一種厚厚的情意結，來頭也不少，有

屬於倫敦的節奏

奶
茶
魚　蛋　是　平　凡　的　食　物

自己旅遊專頁，粉絲數也蠻多。後來更成為了朋友，她介紹村上春樹給我認識，好讓久未在文化土壤深耕的我多多讀書。因為阿踩，同時認識了很多圈子以外的奇能異士，都是一些有抱負的年輕人。其中一位插畫家 Da Ho 也曾在倫敦市集售賣一些富有香港色彩的街角建築名信片，畫功一流，更重要是我們都在輸出共同的價值與文化。Da Ho 更仗義幫忙將 HK Cheers! 售賣的街邊市井小食變成藝術品，將那充滿生命的手繪魚蛋裝飾檔前，級數氣質也瞬間提升不少。除了藝術家外，還認識兩位來自倫敦國際廣播電台的專業記者華弟及 Esther，他們特意到來幫我們做了一個專訪，宣傳效果是其次，是對付出的一個肯定。

不得不提是兩位長期顧客標哥哥及 Estella，他們是咖哩魚蛋炒烏東及港式玫瑰奶茶的鐵粉。標哥哥是派往倫敦的才俊律師，對文物有偏好，剛好在 Old Spitalfields Market 附近工作，星期五開檔日便會前來吃午餐；Estella 是隔了十年未見的大學朋友，剛好在倫敦同期遇上，努力追尋著跳舞夢。他們都會在檔後 VIP 位置站著一邊吃一邊跟我們聊天，那是立食的風味。

咖哩魚蛋為什麼會好味道？沒有添加人民幣下，應該是加持了同路人們的愛戴吧！

P.105

珍視的人會賦予它價值

屬於倫敦的節奏

▲ 音樂劇《孤星淚》

▲ Christmas Ball

▲ 市集安排特色表演

P.106

▲ 與阿踩第一次相遇

▲ Da Ho 手繪作品及寄賣其香港地方名信片

奶茶魚蛋是平凡的食物

▶倫敦國際廣播電台記者訪問友檔土耳其檔主關於 HK Cheers!

屬於倫敦的節奏

▲熟客 Estella 及標哥哥

P.107

倫敦國際廣播電台訪問
【吃喝玩樂】「HKCheers!」倫敦市集發現綠色小島

值價的人會賦予它珍視

我要開檔（上）（六）初心

　　隨著售賣的食物款式增加，打印出來的食品照貼滿檔攤，赫然發現有種葵涌廣場食檔的風格，那是自然而然的形成，可能是在葵涌生活多年渲染出來的模式，越看越有親切感，當然也可能會被笑去到英國也撇除不了那葵涌味。

　　話說在一天平日的市集，有一批年紀較大的日本人前來檔口，在餐牌上看了一眼，其中一位點了牛奶抹茶，心想是前來踢館吧？應該是附近上班的白領，食飽午餐在附近散步。在綠茶大國面前獻醜了，哥深呼吸了一口大氣，將配方在腦海中遊走了一下，右手以長匙作攪拌，是熟練的調酒技巧，左手負責落材料，配以最強的組合 - 煉奶與花奶，將奶的豐厚及幼滑同時加入抹茶內。叔叔喝了一口，是春心蕩漾之感，難道有他家鄉的味道？另一位日本大叔喝那港式凍檸茶也喝得不亦樂乎。或者那些讚賞是出於禮貌，而獲得欣賞是一種難以言喻的快感。

　　熱情是很好的啟動機，會令你很想很想去做一件事，樂此不疲，情況就好像溝女一樣；不過它冷卻的速度亦是一剎那，特別是面對沒有進展的瓶頸。當中體會很深，這幾年間轉行或創業都是以滿腔熱忱開始，努力排除一切去實踐，但最後也免不了走到意興闌珊的地步。不知道有否聽說過，如果你很想堅持一些事情，其中一個方法便是公

奶茶魚蛋是平凡的食物

開你想做的事，讓更多人成為你的推動力。故當初在個人社交媒體分享英國打工及開檔的故事，得到多方好友的意見及支持，的確是為所做的事帶來很大的鼓勵與堅持的理由。寫這本書也是，也曾經在重要的場合向很多親朋好友面前提及過，時隔數年，到現在大概只有自己才記著，進度極度緩慢，不過的確還在編寫著。

經營食檔這一年多時間，其時在酒吧全職工作，上班時間比較長，故此要把握僅餘的空餘時間準備開檔的事務。一般上下班交通時間用作計劃，假期則會去採購食材及試驗菜式，不停改進同一款菜式是必然，那時大概每兩星期便推出一款新菜式，當然黯然下架的食物不計其數。

開檔前一晚都較為忙碌，放工後已經 11 點多，急忙把食材處理好，烹煮咖喱及其他菜式、煲茶底作預先冷凍等，還有預備明天早餐。早上靜靜地執整物資以免吵醒室友，然後拖著一個行李箱、一個大保溫袋、一架購物車、一個大背囊分批搬落兩層的樓梯，乘搭巴士到 Hammersmith Station，再轉地鐵到 Liverpool Street Station，多走 10 數分鐘便到達 Old Spitalfields Market，還未開檔好像已完成了一小時健身的體力勞動。

找到檔位置後，先跟旁邊賣 Waffle 的友好土耳其檔主打招呼，我們都是那些沒有什麼開檔經驗、規模有限的經營，難免有種惺惺相識之感。有時互相嘗試對方新款式，他很羨慕我們經常有些同鄉特意前來光顧。

屬於倫敦的節奏

P.109

珍視的人會賦予它價值

每次開檔都有種很亂、不知從何開始的狀態，然後慢慢成形。鋪上 Poundland 買的膠枱布，掛上枱前檔名橫額，安放大件煮食器材，再到食材食具、餐牌及裝飾等，最後是那面旗。那時人流已經開始多，需要爭取時間煮茶及魚蛋等。午市前的生意其實也有指標性，如果只能做一兩單生意，就會產生無形的壓力。

偶爾會有人問奶茶可否加珍珠？（對不起，這不是台式奶茶）。也難怪，珍珠奶茶在倫敦正大行其道，其實沒有所謂，就是沒有人去賣才有價值。到中午時間，見到熟悉顧客的身影，總會有種安慰，好像辛苦之感也給彌補了。下午 3 時多，市集只餘下少量人流，附近檔攤已在清潔及收拾，我們也開始把不必要的物品慢慢整理，留下咖喱魚蛋翻滾到最後。

收檔後為追趕時間，會帶著行李箱等物資坐地鐵直接上班去，路程中腦袋稍為放空起來，會為當天得到的讚賞、多賺一點而滿足，可能不過是打工的一兩小時工資。回到餐廳，酒吧經理總會很關心地問我生意怎樣，然後安慰著我做生意就是這樣子。星期五晚上餐廳生意特別好，加上日間擺檔，下班時體力已經透支，雖然不怎麼年輕，回想也是青春的印記。

讓我公佈一下初期業績，希望不會令潛在投資者打消念頭。不知是否還記得首次開業僅賣出的一杯奶茶；第二次開檔賣了 5 杯飲品，是五倍營業額，足夠應付交通運輸費；第三次因為開始售賣小食，竟然足夠交租起來；第四

奶茶魚蛋是平凡的食物

次收入已可付當日租金及食材成本，只蝕一點車費，我看只要徒步由倫敦西走去東便可達到收支平衡。有時淨收入10多20鎊，其實已經自我感覺良好。

發夢也夢到生意淡薄的情景，頭幾個月生意沒有起色，已經萌生擱置的念頭，徒勞之苦是有點難受。距離成為事業是兩碼子（有機會是十二碼）的事，不過能將香港文化出口海外，是一種責任，也是一種榮耀。每次看到外國人喝了一口奶茶的驚喜表情，就如為港隊持旗進入奧運會場一樣的感覺（誇張了一點），然後向他們介紹說：This is HK-Style Milk Tea，或者這便是身份認同的建立過程。

當迷失的時候，好好想想那個初心，找對了感覺，原來路便開通了，於感情或其他方面迷路或想放棄時一樣有效。（待續）

屬於倫敦的節奏

▲ 葵涌廣場食檔風格

▲ 帶著開檔物資上地鐵及巴士

值
價
珍 視 的 人 會 賦 予 它

芝士撈丁
Fried Noodles in
Molten Cheese

▲嘗試賣不同款式的食物

▲賣 Waffle 的友好土耳其檔主

奶茶魚蛋是平凡的食物

Chapter 4
飲品調理員（下）

插畫：Da Ho

Chapter 4
飲品調理員（下）

飲品調理員（下）（六）回到食物鏈底層

古乳有暈：「君子遠庖廚。」今天介紹中學時期的另一篇課文《孟子•梁惠王上》。

慢慢進入秋冬季，作為旅遊區的餐廳，生意也步入淡季，酒吧的工作時數扣減了不少。那時「HK Cheer!」檔攤的發展初期，生意不穩，更希望額外收入帶來的安全感。而往往當你有需要時，命運安排的機會就會出現。餐廳廚房一直缺人，請了好幾次也不成功，「蜀中無大將」，老闆竟然建議我去廚房幫忙，暫時頂替一下。不過熱廚房也不是這麼容易進去，Jay 也半說笑只要不受傷安全回來就好了，因為廚房經常也有意外發生。

一星期除了在酒吧工作四天，另外兩天參與廚房工作。又再從頭開始走進另一個世界，「廚房佬」的火氣並不嘅少，但發掘新事物是另一種人生的樂趣，更可儲存技能。穿上那白色廚師服、戴上廚師帽及綁起那經典的黑白直間圍裙，今天進入同一間餐廳踏入另一個禁地－廚房。

樓面的大家姐還特意走進廚房來取笑我今天不做酒吧做廚房，穿上制服很帥氣之類，還拍了一些照片，周邊廚房大哥們看著，當下是有點尷尬。

大廚是馬拉人，還好之前也有基本交情，也算細心跟我介紹了一下廚房運作及設備。凍肉及食材都存放在大型雪房及冰櫃外，每次打開都打了一下冷震，經常在幻想，如果不小心困在雪房，是否可支撐一小時。廚房是中式設施改裝而成，煮食工具還有大 Gas 爐、炸爐及鐵板爐，我們是日式餐廳，炸爐主要是處理天婦羅用。

作為廚房助理，工作自然不是拿起鑊剷，第一個工作是處理食材，如拆蝦殼挑蝦腸及切牛肉片，終於一嘗「庖丁解牛」的滋味。那肉片切得薄厚不一，心知刀工有待改善，那時的刀工主要是來自切水果時的自學山寨刀法，當刻得以請教各位廚房大師傅調整刀法，感覺又習得一套武功心法。

吉烈豬扒是日式便當常見菜式，拍扁豬扒，沾天婦羅粉、蛋漿、麵包糠；椒鹽魷片，解凍乾水、沾生粉及蛋漿攪勻……還是不公開太多秘方。最感興趣是處理三文魚，一大條半米長的三文魚，去皮、拆骨、切片，有種好治癒的感覺。魚生片尺寸有相當的要求，故切起來總是戰戰兢兢的。

大廚還讚賞學得快，當然背後也下了一點苦工。某天終於有機會嘗試炒鑊，那大鑊雙手拿起也會覺得很重，右

手持鑊鏟，左手握著鑊柄，靠著爐邊一個支撐點做拋鑊動作。爐頭是「子彈爐」，火力很猛而形態像子彈，那 3 秒變焦的速度亦是物如其名般快，炒出來的食物的確鑊氣十足。

工作當中最困擾是清理垃圾，整個垃圾袋基本上都是廚餘，要將一袋袋重甸甸的垃圾放入接近人高度的大型垃圾桶，那是一塊難以跨越的高牆。紮馬，屏氣，運功好幾次，才勉強拋入垃圾桶內，後來才知原來平常是兩位同事一同處理的。

至於出餐前的工作是負責準備一些配菜及擺碟，很記得某長假期的星期日，生意特別好。食物單無情地瘋狂地闖進來，由於手藝未夠純熟，一切變得很混亂，然後被廚師們罵得開花。心灰透了，其實很多出餐程序事前並沒有好好跟我說清楚，有種被發洩的感覺，再怎樣說在酒吧已經發展到相當的地位，現在又進入食物鏈的最低層受氣。讓我想起曾經看過的大廚訪問，成名前都是捱罵捱出頭，廚房沒有人會好好教你，只靠自己一步步偷師學來的。

當日也因為太忙，在廚房趕急中摔了一跤，背部撞上枱角，當時可能腎上腺過高而不覺痛，回家發現背部有一道深深的血痕。聽說過往有人在廚房摔倒，頭著地，「嘭」一聲巨響，救護車送院後便再也沒有回來上班了，回想起心裡一涼。現在這道疤痕便成了身體一部分，紀念我的英國打工歷史。

喜 歡 喝 威 士 忌 的 人

那時老闆還問我要不要轉全職廚房，當堂嚇了一下，傻的嗎？不了。廚房最終請來一個全職的助手，我亦功成身退，廚房初體驗任務勉強完成。沒有什麼事的話，還是回到我的酒吧去。

▲ 準備不同食材

▲ 擺盤

▲「子彈爐」的火力很猛

► 一袋袋放滿廚餘的垃圾要拋入大型垃圾桶內

屬於倫敦的節奏

P.117

會喝到歷練後的餘韻

飲品調理員（下）（七）天使的小禮物

　　很快又到聖誕節，意外地收到剛認識朋友阿踩的聖誕卡，那位將村上春樹介紹給我的旅行家，表達對「HK Cheer！」奶茶之欣賞，窩心滾動異常，手寫字的美及質感是新細明體不能取代的，偶爾也為特別原因提筆寫卡或信件。也忘記多久沒有收過聖誕卡，還記得從前小學雞時代買下一疊疊的聖誕卡，絞盡腦汁為了寫下該好友專屬的語句，而那些收回來的卡應該還收藏於家中櫃裡深處。若能抽空翻看一下的話，廿年前的名字樣貌應該又再浮現出來。

　　第一年在倫敦過聖誕，十一月中旬在倫敦市中心已開始掛上聖誕佈置及燈飾，氣氛漸趨濃厚。那一年比較矚目的是 Regent Street 的大型天使燈飾首度亮相，配合傳統的英式建築，那種夢幻與唯美並不是以往對聖誕裝置的理解。而更令我印象深刻的是大部分店舖包括超市也會在聖誕期間關門，甚至連地鐵也停駛，人們的工作狀態早於一兩個星期前似已進入待機模式，或許已經關機。

　　一年一度的員工聖誕派對剛好是冬至，大家辛苦了一整年，下班後終於可以好好享受那團年飯，平日餐廳一般都只用十多分鐘時間把飯吃下便去休息，有時同事太忙也忘食，飯菜已涼吃下也是百般滋味。離開家鄉的大家，或許這裡就是我們暫時的家庭，當然家庭也不一定和諧，起碼至少今天吧。

屬於倫敦的節奏

喜　歡　喝　威　士　忌　的　人

到最重要的抽獎環節，頭獎竟有 600 鎊之多。從來沒有橫財運的我，竟然讓我抽到每人也有的安慰獎，看來運氣依舊沒變。而今年壓軸環節是禮物交換，各自需準備不少於 25 鎊的禮物，聽說上年有同事的禮物價值不足，被說足了一年。其實個人也不太喜愛禮物交換，要費神買什麼禮物之餘，甚或要處理收到不太需要的禮物。經過了一番的思量，決定親自製作一份價值及實用兼備的藝術擺設。材料包括房東太太送來禮物的包裝紙、食物包裝膠盒、一張 20 英鎊、一張 5 鎊及兩個 Penny 硬幣，再加上一對巧手，作品名為「港豬過性誕」（參考圖片）。抽到本人禮物的兼職小伙子亦表示高興，相信是因爲可以取回買禮物的 25 鎊血汗錢。

12 月 25 日，聖誕正日，是餐廳一年唯一關門的一天。同事們相約在一起到 Hype Park 那號稱倫敦最大的聖誕市集 Winter Wonderland，我在想大家不是已經見了 364 天，唯一一天也留給同事，那種愛是叫「同事的愛」？其實前期已經去過一兩次，那是歐洲式的夢幻聖誕，聖誕燈光包裝了的大型機動遊戲、聖誕食物的香味、手持啤酒的外國容貌、歡樂的笑聲……和同事去又是另一種體驗，大家都是口不擇言的人，是另一種無聊的歡悅。

除夕聽到餐廳 Full Booking 就知道大難將致，那天早早便爲晚上大戰準備。晚上 6 時開始，咖啡機旁的發單機整晚響過不停，手也沒有停下來的跡象。當晚感覺與拍檔充滿默契，怎麼說也差不多合作了半年，合作無間地把

會喝到歷練後的餘韻

單清理，比起數月前暑假的礙手礙腳，好像終於有貢獻。我們奮戰到最後一刻，到廁所排放儲了一整晚的水缸後，剛好趕得切最後一分鐘的倒數，那是多年來最充實的除夕。當晚還邀請了在倫敦新認識的香港朋友到餐廳一起慶祝新年，沒有很晚便要散場，因為明天 1 月 2 的假日，餐廳還是繼續開門的。畢業後慢慢將那些節日形式淡忘，有時甚至在睡夢中過新年，這年的聖誕是有點讓我對這個節日有重新的定義。

　　為慶祝首個倫敦聖誕，也特備了一杯 Christmas special cocktail 給大家：

X'mas Daiquiri

- 50ml Havana Club Rum

- Fresh grape and raspberry

- 15ml Triple Sec

- 15ml lime juice

- 10ml sugar syrup

"Merry Christmas & Happy New Year to all of you & Hongkongers!"

　　時差令我們比香港的朋友遲一點跨越 2017，有些人會走得很快，有些走得慢些，而走慢點有時也不差，或許多點時間享受路途中的景色。

喜　歡　喝　威　士　忌　的　人

Dear ████████,

It was really nice to meet you guys in London ☺

人離鄉賤，在外地識到啱傾嘅朋友好難得。仲要係同一個鄉下，一定要好好珍惜。☺

Have a magical
Christmas

希望你哋喺倫敦過得開心，HK cheers 越擺越成功！畀你哋鍾意你哋嘅奮志！努力工作之餘記得多多出去玩！

▲ 阿踩窩心的聖誕卡

▲ 倫敦的聖誕燈飾

▲ 港豬過性誕

會喝到歷練後的餘韻

▲ 與同事到 Winter Wonderland

▲ 酒吧的過新年儀式 –Jager Bomb

▲ X'mas Daiquiri

屬於倫敦的節奏

喜 歡 喝 威 士 忌 的 人

飲品調理員（下）（八）屬於你我時代的雞尾酒

在英國文化當中，影響最深的算是認識那經典的英國樂隊「披頭四」（The Beatles），雖然我們邂逅遲了數十載，但他們留下來的歌曲足以迴盪至今。那時到利物浦最想看的不是晏菲路球場，而是披頭四博物館，還記得場內那純白的鋼琴，琴面上擺放著 John Lennon 的圓框眼鏡，琴譜上是《Imagine》的曲譜，那宣揚世界大同的歌曲，姑勿論是否理想主義，強行翻譯部分歌詞：「對一個人來說看似不可能的任務，只要有更多相同理念的人一起行出這一步，那個夢想便不會很遠。」及後到布拉格，看到那 Lennon Wall 也特別有感，因那不只是普通藝術的塗鴉，而是呈現著那前仆後繼對抗不義的歷史與精神。

忽然想起他們的一首歌足以描述當時餐廳打工的心情

P.123

"It's been a hard day's night，

And I've been working like a dog."

<A Hard Day's Night - The Beatles>

雖然經營假日小檔也可貼邊稱為老闆，但我這個老闆另一更主要的身份還是打工仔，每天的工作忙碌得跟狗一樣。曾經提到拜師學做調酒師，匆匆一年多，跌撞中掌握基本酒吧技巧，勉強駕馭這把屬於 bartender 的劍，或者還不算非常專業，有種開始慢慢被認同的感覺。成長過程中總有些人不斷懷疑你的能力，那其實是很好的推動力。

會喝到歷練後的餘韻

忙碌時甚至可給予面色老闆看，工作得有尊嚴是工資以外的重要追求。

　　夏天再度降臨，話說剛好酒吧餐牌需要更新，加價是免不了，亦需要換新一批雞尾酒款式以為客人帶來新鮮感。經理或許驚我太悶，也試著讓我發揮一下，終於有機會創作屬於自己的 cocktails。當然創作不會是隨便的事，要經過大量測試及評審意見。簡單解說一下，雞尾酒由數種基本烈酒如伏特加、朗姆酒、琴酒等，配以不同飲料及專屬的製法，引伸出過百上千的款式，出名如 Mojito、Pina Colada、Margarita、Dry Martini、Old Fashioned 等。酒吧除了會售賣歷史悠久的經典雞尾酒外，一般亦會創作其獨有的雞尾酒款式，有些會改篇自經典款，有些會根據經驗創作。能夠經得起考驗、堅持到最後的，便成為吧枱上的經典。

　　沒有理論去支持，只憑基礎經驗的我，需要不斷試驗不同酒類飲料組合、比例，那時沉醉於創作，試到醉著上班不是夢。凍檸茶是香港茶餐廳名物，原則上是可歸類為 Mocktail，當初希望新的作品融合香港的味道，特別是奶茶，創作 HK-style cocktails，可惜效果一直未如理想。後來拆下自己築起的圍牆，將視野開闊，終於完成了兩份珍貴的作品。也忘記作品被負評及彈回頭多少篇，不過沒緊要，太易得到的成功總會沒那麼珍惜。讓我簡單介紹一下成份及創作理念：

第一份作品是紀錄與最愛在 Greenwich 漫步欣賞春天櫻

花樹下的浪漫一幕。

名稱：Walking in Spring Greenwich

成　份：rum、pineapple juice、melon liqueur、grenadine syrup

第二份作品是紀念一個屬於家鄉的歷史，更是樂章的開端，當中含有熱情與傷痛的經歷，由黃色絲帶緊緊連繫著。

名稱：Yellow Revolution

成　份：gin、passion fruit puree、apricot liqueur、lime juice

還有一份負責冠名的作品，是描述冰島之旅，浸泡在藍湖溫泉內，享受那種屬於冰火之間的銷魂。雖然及後發現原來已有 Cocktail 以此命名。

名稱：Blue Lagoon

成　份：vodka、peach liqueur、St Germain elderflower liqueur、blue curaçao

差不多這趟旅程尾聲，在倫敦氣場快將消失的瞬間，這些作品便成為我留下來的證明。想起在《短暫的婚姻》那劇

屬於倫敦的節奏

▲ 紀念 John Lennon 的白色
　鋼琴

▲ 表演者在布拉格的 Lennon
　Wall 前表演《Imagine》

P.126

▲ 經典雞尾酒 Old
　Fashioned

▲ 看到作品在酒牌上出現感動
　異常

喜　歡　喝　威　士　忌　的　人

▲左至右：Walking in Spring Greenwich、Yellow Revolution、Blue Lagoon

集提到的「雖生猶死」與「雖死猶生」，有些人即使生存，活得沒有價值，也跟死了一樣；有些人死了，卻為世界帶來了什麼，精神不滅，感覺還在生。Beatles 就是這樣的存在著，喜歡他們歌曲的旋律及歌詞之外，承載著的精神更讓人著迷。那是一直提醒自己的一句話，就算是一些微不足道的事情也希望能賦予其更高的價值。

會喝到歷練後的餘韻

飲品調理員（下）（終）釀製自己品牌的威士忌

對於一位調酒師，顧客喝掉整杯飲料是很大的滿足及肯定，甚至有些客人再來時，念掛上一次的那杯雞尾酒，那是多令人賞心的事。看過一本書提過如果把工作只當作差使，上班只為了工資，工作沒有樂趣與意義，相對會較難成功。在平凡的工作中找意義，不容易卻是重要，而我那時的意義是讓顧客有個美好的晚上，慢慢地那調酒師的品牌便在建立中。

記得當初完成教育文憑畢業後，無限地投寄求職信，最後於開學日前數天獲得來不易的教席，滿心歡喜便將時間都投放在工作上，及後的日子即使轉行業也是如此，跟著那所謂的熱情去。工作熱情漸熄滅，遇到瓶頸上的迷惘，便反思心機和時間是否應該有更好的分配。每次知道朋友懂得某些技能如藝術、音樂之類，心裡都會表示欣賞，竟能工作之餘經營自己的興趣。過往求學時期的天份因為專注學業，慢慢地就埋沒了，而現在只會覺得如果將工作取走，自己好像什麼也不是，甚或是把工作算計一起，也不算什麼。

真正開始踏出的一步是與同事於市集擺賣，嘗試創業售賣一些環保產品；往英國前的數個月，機緣上參加了烹飪比賽，廚藝本來也一般，有成績故然好，更重要是那心態上的蛻變，以上種種的經驗，才有想法會去倫敦擺食物檔。或許移民潮下，香港的朋友們到英國擺檔已經成行成市，至少那時還沒有幾個。

喜　歡　喝　威　士　忌　的　人

　　而由於工作緣故，在英國初接觸咖啡及調酒，能夠在工作中學習到新技能，這些機會是放棄了香港所謂的舒適圈而獲得，當時的目標來得格外清晰，只想認真將技巧學好。從前會相信天份，但後來會覺得用時間堅持去磨劍也是可以的，好像這本書本來就是一篇篇文章磨出來，雖然到這刻距離英國回來已經 3 至 4 年，還不死心的慢慢地實踐中。

　　那時在餐廳酒吧初入職認識的一位同事，他辭職後隔了數個月再回來，看到我以純熟的手法快速地完成一些大單，包括了一系列的雞尾酒。比起當初笨手笨腳的落差，他舉起拇指說了：「You got a big difference, proud of you!」

　　過往去西藏、台灣，嘗試分享一些無聊當有趣的旅遊經歷，開始寫短文在社交媒體分享。而在英國的種種深刻經歷，不能只有自己知道，便隨心而寫，獲得丁點的迴響後，便更努力去寫，有朋友甚至在催促下一篇什麼時候出，雖算不上是什麼成就，卻讓我喜歡上分享及寫文章，才會有出書的念頭。

　　現在呈現的都是以往一步步醞釀而成、更立體的自己，慢慢建立屬於自己的品牌，就像餐廳酒櫃當眼處浸淫十載以上的百年品牌威士忌，把瓶蓋打開，刺鼻之感隨年月減褪，飄散著的是歲月醇香。或許並不是每人也會喜歡喝威士忌，至少喜歡喝的人會喝到那歷練後的層次與餘韻。

P.129

會喝到歷練後的餘韻

▲喝掉整杯飲料是對調酒師的認可

▲一些大單可以有 10 多杯雞尾酒

喜‧歡‧喝‧威‧士‧忌‧的‧人

Chapter 5

我要開檔（下）

插畫：Da Ho

Chapter 5
我要開檔（下）

我要開檔（下）（七）現實與夢想的那條界線

　　故事如何寫得精彩，世界定義成功的往往只有結果，賺錢的叫 Business，賺不到的美其名也可以叫 Charity（自嘲模式）。當時倫敦唐人街一間以賣香港雞蛋仔出名的小食店，加上雪糕及水果等以迎合當地人口味，引來大量顧客慕名排隊光顧，媒體亦有廣泛報導，盛極一時。很多朋友也向我分享相關新聞報導，每天朝聖打卡人潮如市，如說我沒有「葡萄」就太虛偽了。誰不想成為奇葩？可以成功將港幣 10 多元的雞蛋仔搖身一變為 7、80 元的聖物，達到景仰的級別。

　　不過想想，如能將香港小食發揚光大，即使聽說始創者並非香港人，應該也不是壞事吧？當初這店的發源地也是從週末市集開始的。而另一間賣台灣刈包店也是這樣發展起來，三個台灣人從市集，一步步的走下去直到開屬於自己的店鋪。其實在倫敦也不難發現台灣食物的身影，心裡會問是否台灣的文化氣氛特別容易培養出創業者？當

時有香港人來我的市集攤檔前，也提到雞蛋仔風魔倫敦的事，希望我也能將香港的魚蛋奶茶推廣開去，與其一較高下。我呼了一口氣，心中盡是內疚，感覺心力有限，而又知道還沒有盡全力之矛盾。

然後我在想如果在香港，如此一舉成名之店會如何？業主知悉你生意不錯就會迅速加租去，就像米芝蓮的詛咒，店鋪載譽後因承擔不了租金而關門大吉也時有聽聞，城市最後留下來的只有連鎖的複製食肆，這裡就是香港。創業與發夢的空間有限，談夢想，如在公廁食 High Tea，優雅自知。當然也不能忽視一些默默奮鬥中的小店，我們每一元的消費其實也是將我們的城市選擇向著怎麼樣的方向發展，單一化還是更多元。

從前的曾經，也試過不如將夢想與現實融合成為事業。當時滿腔熱血闖進了環保的行業，不介意低工資，或者年輕人都是這樣。奮鬥了好幾年後，認知了行業發展的局限性，漸漸對將來也迷惘了。經常出現那種與身邊同期朋友的無聊比較，然後發現只靠熱誠並不能克服現實的種種生活壓力。試想當世伯伯母問自己的工作或收入時，那種無形的尷尬自卑。聽起來充滿著失敗者的口吻。

繼續英國的故事，有一天，下班後午夜時分，剛好當天也是開檔日，拖著那裝滿工具的行李箱，身心疲累等著久久未出現的地鐵。一位年約 50 歲的外國大叔搭訕問我還要等多久？然後我們展開話題，他是唐人街一間酒吧老

闆，得知我在酒吧工作，竟邀請我去他哪裡工作，可能是出於禮貌吧？心裡是有點興趣的，因為要提升調酒技術，最好的方法是到不同地方獲取經驗。慢慢問到我那大行李箱，也直接跟他說去擺檔賣香港小食，他又表示也有興趣參與。對於只聊天了幾句便說合作投資，進擊程度也讓我深感意外，那時只抱著懷疑態度，交換聯絡再看看。

幾天後我們很快便會面了，這幾天其實幻想了很多，知道病情也頗嚴重的，想過自己在金主的資金加持下，生意發展如那雞蛋仔店一樣，名利雙收。那天晚上我們先在一間高級餐廳碰面，外國大叔，不，是未來金主，正和朋友進餐的尾聲，問要不要吃點什麼，我禮貌地婉拒了，然後我們坐的士到唐人街，當然是金主主動提出及付費。整個倫敦旅程只坐了兩次的士，就是初到倫敦人生路不熟那次和這次了，當你知道用半天的工資付一程的士費，便不

▲未來金主的酒吧

會捨得乘搭。

　　原來未來金主的那間酒吧位於唐人街一條小巷裡，是格調不錯的英式餐廳酒吧，那時已經關店，店員跟他寒暄了一下便下班。未來金主問我想喝什麼，看一看菜單，免得他辛苦，點了一杯較易製作的 Moscow Mule，然後他便開始介紹餐廳的設計、喜愛的樂隊、喜愛的中國文化等，還說自己有很多亞洲朋友之類。其實整體感覺還好，他沒有「12B」的那種財大氣粗，會不會在他眼中其實我也是一位同級的老闆？

　　還未入正題，未來金主又邀約轉場去附近的高檔賭場，那裡就像是電影拍攝的上流生活模式，跟自己有點格格不入，可能見識真的太少。我們坐在小吧台前，未來金主向性感的調酒師點了杯白酒，然後慢慢分享了一些想法，希望於倫敦各市集發展更具規模的流動食物檔，主打是亞洲食物。想起自己的小檔，的確有點不能見大場面之感，正正就是我那時走進了賭場的感覺。至於資金方面，設備器材會由他負責，其它投資則雙方各自分擔一半。

　　沒有更多的內容便完結了當晚的會面。回去猶疑了好幾個晚上，其實合作條件也算不錯，心裡卻找到一大堆藉口：

- 沒有足夠的資金；

- 當時已經在英國飄泊一年多著實太累了，還想預留

放釋

醞釀於關鍵時刻會

最後時間多去一些旅行體驗;

‧ 心裡其實不想賣什麼亞洲食物,不希望「HK Cheers!」變為「Asian Cheers!」。

然而向前的原因其實只需一個,可惜那時並沒有找到。

事件過後,心態有點轉型,開檔當然會努力希望賺回成本,但真正生計會倚靠正職工作,這樣心理壓力便少了很多,能夠好好享受那餘下的開檔時光。

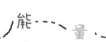

相信集氣這回事,能量

我要開檔（下）（八）打一場漂亮的仗

不知會否相信集氣這回事，能量醞釀了一些時間，然後於關鍵時刻就會釋放出來。

HK Cheers! 恒常擺檔會在平日星期五，大家都在工作，很難抽空到來，所以只會在專頁循例宣傳一下，當為自己打打氣；而當每季的週末市集，便會在打工度假 facebook 專頁分享一下，希望吸引多點香港朋友前來支持。這個小小的檔是很好的聚腳點讓我們互相分享在倫敦的故事或者辛酸，在異鄉的天空，過往的身份一一放下，溝通變得簡單而純粹，很多要好的倫敦朋友也是在擺檔過程中認識。

時間飛逝，每季的 North End Road 週末市集已經是最後一次。這次忽發奇想，想找朋友一齊籌備這次盛會。兩位臨時合作顆伴分別找上之前提到的旅遊達人阿踩及插畫家 Da Ho，兩位都是一口答應的義氣兒女。阿踩運用她的人脈及 Marketing 技巧，幫忙將是次活動推廣到倫敦不同的香港群組，而 Da Ho 一直是本檔的美術擔當，將本檔售賣的美食繪畫成藝術品作展示。那是多麼美好的組合，宣傳及設計本來就是我們的弱項，而兩位恰巧完美地填補了。

想不到這次網上迴響比想像中大，可能宣傳了好幾季，慢慢在群內被認識。作為 HK Cheers! 在倫敦的畢業作品，自然不能馬虎，除了準備魚蛋、奶茶等食物外，還推出了那個從香港帶來的榮耀－薯波。那天帶著比平常更

屬於倫敦的節奏

多的器材及食物，但手推車竟然在家中被偷去，狼狽地把物品拖到市集現場，兩位伙伴已經等候多時。

由於該市集未有供電設備，而只帶備一個 Gas 爐，故忙著煲水、煮魚蛋、炸薯波等，有點像玩訓練反應的餐廳手遊。整條 North End Road 是連綿的檔攤及表演，說是市集，更像是嘉年華。那時阿踩製作了一塊人肉宣傳牌掛在身上幫忙叫賣著，Da Ho 則在練習串魚蛋，互相渲染著那久違的活力，相信將會是美好的一天。

中午過後，不間斷也有香港朋友到場，甚或台灣朋友也到場支持。邊準備食物邊與他們聊天，享受那充實的時光。還好有活潑的伙伴們一起招呼到場的朋友，不致令特意到來的朋友們受到冷待。相識廿多年的朋友帶著他的妻子推著小兒子過來捧場，也有朋友前來取經看看如何擺檔，當然不介意分享經驗，希望不會令其卻步。無論是因為掛念香港食物而來的、前來給予支持的、一起籌備的朋友們，像畢業禮親朋好友到場祝賀一樣，欣喜及感激之情盡在不言中。而那張煞科後拍下的團隊照片就是畢業證書，見證這段小小的歷史，希望各位參加者也享受這天的盛會。

前天還是平日在 Old Spitalfields Market 的檔，連續兩天擺檔及接著晚上餐廳工作，回家後沒趕及洗澡便昏迷了。

想起第一天賣了一杯奶茶的孤獨與挫敗，一年後的這天，感受到的溫暖彷彿撫平了這年的辛酸與勞累，那是時

相信集氣這回事，能量

間凝聚出來的能量與回饋，那是在倫敦最光榮的一天，最漂亮的一場仗。

▲ 薯波終於出場

P.139

▲ 支持 HK Cheers! 的朋友們

▲ 是次市集伙伴們世紀合照

放釋
醞釀於關鍵時刻會

我要開檔（下）（九）人生的拍檔

工作的數年間，試過單打獨鬥的模式，享受一個人的自主，想與做的距離只視乎意慾強度；也有跟團隊或拍檔一起，好像從前不同公司的項目拍檔、來到英國後的意大利水吧及現在工作的師父暨拍檔等，拍檔能擦出更多的火花及意想不到的效果，卻很需要磨合。比較下還是更喜歡有拍檔的工作關係，為共同的目標而奮鬥，為走更遠而妥協，亦會為表現不如理想而一起承擔，那種默契是家人朋友也未能取代。

差不多到尾聲，是時候交代一下 HK Cheers! 的團隊，壓軸出場是想大家知道要完成這趟旅程並不是簡單的任務，這位拍檔勞苦功高。

她曾多次出現在我的不同場景，成為我的拍檔。初次碰面是工作上的合作，我們負責一個以「惜食」為主題的義工培訓項目。有次遠赴香港的大西北活動，比集合時間遲到了 5 分鐘，她便毫不客氣地狠狠責怪下來。那時心裡不太順氣，不過是遲一點點。回想當然是自己問題，不過對這位拍檔的感覺是她有相當的要求，做事還是小心點。那一年的項目，我們合作得相當完滿，至少我是這樣認為的。

工作的同期，深感打工沒有出頭，心癢癢在機緣下嘗試創業，拍檔便是幾位經常合作的同事，當然也包括她，

一起研究製作環保手作品,天然蚊膏、潤膚膏等,在西貢市集擺賣。那時手作市集還未很盛行,星期一至五工作,六日擺檔,燃燒青春,共同努力創造這個事業。

我們及後在英國展開另類體驗,她的存在,讓人感覺到無比的安心。HK Cheers! 的成立或許是我的,為其加油續航卻是她。當時到步倫敦還沒定下來,便已四出頻撲於各區市集發掘開檔的地方。Working Holiday 顧名思義含有假期於其中,很多人都會想安排時間周遊一下,認識世界,我們則在工餘時間去研究開檔食物,對於她來說可能心裡委屈也沒說出來。

開檔之初適逢步入寒冬,室內長開暖氣當然沒問題,而我們的檔是擺放於街角,飄揚的旗背後乘著的就是倫敦這種入骨的冷風。怕冷的她跟我在一起瑟縮在檔後,靠著那熱燙的咖喱魚蛋和溫暖的奶茶去撐過那冬天。基於成本考慮,由最初召貨車變拖車仔坐地鐵巴士,一起帶著重甸甸的開檔物品,乘搭充滿殘疾障礙的倫敦地鐵,樓梯搬上搬落是如何避免不了,未開檔已經消耗了一半的體力。如果她的家人及好友當時知道,我應該已體無原膚。

曾經生意額太低,餐廳同事勸我還是不要幹。除非旅發局資助我宣傳香港,否則在商言商,以營業額來看繼續似乎不怎麼合理。那時如果拍檔說:「阿哥呀!唔好再搞,嘥晒阿姐嘅時間。」那麼 HK Cheers! 已在歷史上寫上 R.I.P.。在低潮時給予的安慰是沙漠的一口水,救回的那

▲冬天的戶外檔不能只用寒冷去表達

▲推著車的背影是千言萬語

▲拍檔讓我們走得更遠

個生命叫「希望」。或許我們會為開檔事情而吵架，更多的是會為達成一單生意而分享喜悅及面對挫敗而互相支持，當然一般是我被安慰的機會多一點。比一起捱麥當勞，尋找一起幹賠本生意的拍檔又是另一種意義。

在我的人生路途上，她也積極參與其中。難得遇上有著相似價值觀的拍檔，在動盪的日子，維繫著的就是我們共同的「信仰」。沒能購買 LV 的我，只希望送上這篇廉價的文章予以這位人生拍檔高度的肯定與讚揚。即使最終我們都重回「正」軌，至少我們嘗試離開過那條康莊軌道，共勉與感激。

屬於倫敦的節奏

相信集氣這回事，能量

我要開檔（下）（終）魚蛋之歌

歷時一年多的開檔故事終於去到結局，最後一次的開檔發生在暑假的尾聲，當日如常地搬運物資坐上地鐵，在 Liverpool Street Station 下車，經過 Old Spitalfields Market，到達自己檔口。跟我們熟識的土耳其檔主打招呼後，便開始整理開檔物資，依舊有點雞手鴨腳，最後慢慢掛上了我們的旗幟。拿起電話拍下那翻滾著的魚蛋、那些精心設計的餐牌及佈置，還有這條街道，作最後的紀錄。

早兩天在 HK Cheers! 專頁發佈最後擺檔日的消息，好友們相繼前來作支持及道別，多謝你們為我們寫上一個美滿的句號。拆下招牌及旗幟的一刻，心情多少有點不捨，不過感覺就好像達成里程碑一樣滿足。無論不斷創作及加入什麼新款式，最好賣的還是咖喱魚蛋和奶茶，或許這是我們顧客最想要的味道。曾經有些朋友因為想念這種味道，表示希望我們繼續擺檔，這也是其中一直開檔到最後一刻的原因。

其實不定期也會有有心人詢問關於開檔的詳情，當大家知道現況及收入也有相當顧慮，一般都卻步下來，可能只不過是我經營不善或者未盡全力所致。曾經想過尋找檔攤的接手人，起初到公海以找合夥人為名，先搵有興趣賣香港食物的朋友，最終有幾位有心的年輕人也試過參與了數次，賣港式炒粉麵，當然不容易。後來就沒有繼續再找，慢慢想通了，HK Cheers! 是屬於這個時代，並不需要什麼繼承者，香港的品牌會給其他帶著一樣信仰的人們繼續

醞釀於關鍵時刻會放釋

發揚光大。

　　回來後還會有人私訊問是否還在倫敦賣香港小食？他的朋友身在倫敦很想一嚐家鄉食物。而且還定期收到市集寄來邀請我們擺檔的電郵，提醒那讓人難以忘懷的經歷，提醒那個同事稱我為「魚蛋哥」的綽號，這些都是 HK Cheer! 承載著我們在英國的回憶。

▲最後翻滾著的魚蛋

▲合夥人賣的乾炒牛河

相信集氣這回事，能量

Chapter 6

是時候告別

插畫：Da Ho

Chapter 6
是時候告別

屬於倫敦的節奏

P.146

是時候告別（一）再見了香港？

　　在倫敦，經常會覺得生活在第二個時空一樣。或許是時差，讓我們與香港的步伐不同，下班的時候，香港的朋友已經準備起床上班。或許是曾經太累，想暫時輕輕的放下，紛擾的社會氣息飄洋過海後變得淡然。在香港，節奏急促得令人喘不過氣，即便多荒謬的事，第二天起來又面臨一堆新的工作、生活壓力，以及更殘酷的事實覆蓋致麻木。

　　這裡除了脫歐、蘇格蘭獨立公投、英女皇壽辰外，好像沒有細心留意其他事情，總覺得始終是過客。不想承認但必須接受，我在過著港豬或英豬的生活。在倫敦發生的事情及流露的情感卻變得特別細膩深刻，小事情也會很期待。好像這個星期不用準備擺檔，晚上烤隻雞食如何；又或者明天放假，去公園看鹿野餐；有朋友專程前來檔口探望，不如推介新的玫瑰奶茶。同時亦戒掉一些倚賴電子產品的習慣，人不在港，不用即時回覆訊息，有時群組訊息

希望能走到自己的步伐

更大條道理不回覆，甚至社交媒體也減少那種慣性更新，當然最終因為這樣沒有朋友就要自己承受。

正當兩年的時限進入倒數，忽然獲得一個很多人都夢寐以求的機會，是可以繼續留下英國的資格。當然不會是餐廳因為我這個嘍囉辦工作簽，而是另一半的文職工作願意幫她辦 T2 的簽證，我便可以伴侶的關係辦配偶簽之類。歸心似箭的那刻，本來只是過一過冷河來英國體驗生活，忽然要多留數年，甚至是永遠。就這樣我們開始討論去留的問題，分析越清晰，心情越混亂。那種揮之不去的鬱悶，孤寂得像沒有人能理解，那時面對相同的情況的朋友不多，當然此刻的情況又是另一番光景，現在談移民可能比起談旅遊的更普遍。

對前景不明，很久的一段日子被這樣的思緒纏繞著，沒甚幹勁。死別的傷痛在懂事之後便沒有停止過，而生離彷彿又是另一回事，放下三十年來長大的地方，那是一鋪屬於人生的豪賭。碰巧開檔時，有一家特意前來支持的香港顧客，他們移居已英國十年八載，與他們傾談相關議題，還很好地指引了我明燈。據他們說法，開初一兩年是有點不適應，及後穩定下來，家人朋友其實常會前來旅遊，而他們也會相隔一兩年回港一下，那並不是想像中孤獨，同時可享受倫敦的生活。

物理的時間慢慢讓我沉澱了下來，去接受這種既現實又非現實的人生，慢慢地竟萌生了成為「湊仔公」的心理

氣勇

並有停下看風景的

準備。最後的結局是庸人自擾，另一半並不想因為簽證而勉強不喜歡的工作，當然我是無限支持，或許這更是我期待的結局。然後心情放鬆了，繼續安排英國的告別儀式。

是時候告別（二）印記

　　參觀小城鎮與大城市感覺很不同，好像在庸姿俗粉群中，找到氣質少女一樣的心情。打工度假的「畢業旅行」來到德國不萊梅（Bremen），是那種小清新，被河包圍，觀光位置只有電車出入，用腳走幾圈不覺很久的地方。她還有「格林童話」加持，講述驢狗貓雞四隻失意動物走在一起成為英雄的故事。可能暑假已過，人不算很多，是適合的城市或旅遊空間。

　　世界遺產系列的建築聚落在不萊梅，是那種充滿風霜而不失美態，風韻猶存的存在。每逢時間整點，建築群鐘聲此起彼落，廣場亦不時有音樂表演。與咖啡小店哥輕聊幾句，小鎮的人怕悶嚮忙城市的多姿多彩。店哥不會明白大城市累得像狗一樣的生活，而我亦不會明白在鎮內悶得發慌的日子。圍牆內的人想逃出去，牆外的人想爬進來。

　　除了觀光打卡，其實還有更重要的任務，是這趟兩年旅行最後的心願。我們在城鎮遊覽了一整天，接近日落，找藉口把她帶到預定的地方，風車作背景，花海在前。換上了整齊的表演服，鼓起勇氣，跳了準備多時的求婚舞，配樂是周杰倫《給我一首歌的時間》，說起來也有點尷尬及老套，我想她還是開心的。一齊經歷過實實在在的倫敦

生活，感覺好似累積了 10 年的感情，希望我們一起可以走得更遠。

在英國畢竟是改變了人生的兩年，雖然可以說一切在記憶裡，但仍很想有些標記去紀念這段經歷。由於是第一次，認真做了一些資料搜集關於在英國紋身。前期提過 Starbucks 早幾年前已經接受咖啡師可以紋身上班，很多同事都有不同類型的圖案在身上，潑墨、油畫、立體也有，皮膚其實就是一張畫紙。

當時找到了一位在英國的台灣紋身師，首次見面將我心中的想法與她討論，並交上了我手繪的設計圖。她執整並加上色彩，滿意後便約時間再到訪她那家紋身店。我伏在那張紋身皮椅，紋身師確定我已有心理準備，拿起那枝紋身筆注入顏料，對比著那圖案，開始一針一針地紋上去，聽著那特有的震動聲，是可以接受的痛楚，反而是之後兩星期傷口癒合更疼痛。經過差不多兩小時，圖案完整地呈現了出來，兩年的經歷烙印在身上，並不是一場夢。

馬丁尼代表在酒吧學調酒的體驗；那串藍莓是那雞尾酒裝飾，亦是一串魚蛋，紀念開檔的日子；傾瀉出來的飲料為翻著浪的海洋，記錄在英國走過很多的沿海城市；船代表 adventure，船帆是夕陽的色彩，是我們在不同地方看過的夕陽；飛翔中的海鷗群自由奔放，引領著帆船，是在英國最嚮往的感覺。

屬於倫敦的節奏

P.149

氣勇

並存停下看風景的

屬於倫敦的節奏

▲ 不萊梅小鎮風光

▶ 風車與花海前的重要一刻

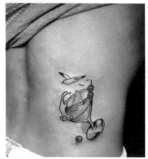

▲ 紀錄英國生活的印記

希望能走到自己的步伐

是時候告別（三）最後派對

很多朋友來到英國最怕冬天，對香港來說的確相對冷一些，晚上可能只有幾度甚至零下，凌晨放工回家途中看到的車窗玻璃都結了冰，不過室內基本上是安裝了暖氣或者有著不錯的保溫設計，其實並不是想像的難熬。反而冬天影響更甚的是日照時間太短，下午 3 點零 4 點已日落，放假晚點起床剛完成午餐已開始天黑了，人也相對容易鬱悶。

話雖如此，那時我其實更怕夏天，暑假在 Camden Town 旅遊區的遊客量，可以用瘋狂來形容，由地鐵站前往餐廳的路上如旺角西洋菜街人潮洶湧，那時我就知道當晚一定不會好受。特別在陽光的日子，餐廳露天位置高朋滿座，酒吧由開店到晚上都忙不停。還記得上一年暑假入職，新手上路，那恐懼是災難性的，而週末更是忙到懷疑人生的絕望。當初答應留到第二年暑假後才離開，是以誠心答謝厚愛，因為學到的跟受到的恩惠更多更多。那年還好，適逢脫歐浪潮，整體英國旅客的確減少了。

一七年九月，正式辭工。反正冬天的倫敦對旅客的我們來說，似乎並不吸引。然後開始了兩個月的歐遊，分別到德國、格魯吉亞、希臘、匈牙利、斯洛伐克、捷克等。新來的酒吧替補同事需要時間接手工作，故旅程中間也有回來頂替一兩天散工，經理在我離開期間聽說連續三星期沒有休假了⋯⋯

屬於倫敦的節奏

並存停下看風景的氣勇

最後的兩星期都在倫敦度過，接近兩年的日子當中很多時間都在工作、開檔、出外旅行或懶散在家中，反而居住的地方也沒有好好認識，抽空前往一直沒機會去的大英博物館及再訪最愛的戰爭博物館。曾經在格魯吉亞參觀歷史博物館（介紹當時蘇聯的恐怖管治）及在捷克看共產博物館。那些已經相當震撼，而戰爭博物館其中一層以納粹對猶太人屠殺的呈現，內容之沉重，將人性的殘酷推向極致，那是政權的惡，也是平凡民眾的惡。

細心反思，所謂的現代社會，生活質素好像提升了，其實還一直沉淪在過往的那種恐懼、束縛、洗腦、荒謬的環境中，從來沒有停止過，只是包裝得體面了一點。資訊更發達，卻又被蒙蔽得更徹底。而悲哀的是當那張包裝紙最終也撕破後，我們似乎也已經不介意真相了。

日子倒數著，離愁湧上心頭，餘下的時間希望多點預留給同事及朋友，還有跟 Hyde Park 的老朋友天鵝、白鴿及海鷗也好好說了再見。離開前夕，同事們在餐廳為我舉辦了一個歡送會。我準備了禮物給各位，與廚房、壽司部、樓面、酒吧部門一一道別。作為即將畢業的調酒師，為大家製作最後的雞尾酒。開心的派對散後或許無法再聚，不能再為大家沖咖啡、奶茶。毫無置疑地這裡是一個家，佔據了英國大半的日子，他們有些會再見，有些會成為滋潤你經歷的養份。

屬於倫敦的節奏

希望能走到自己的步伐

D - O - N

UNDERGROUND

► 沒有機會再為同事們沖咖啡

氣勇的

並在停下看風景

LO－N

屬於倫敦的節奏

P.154

▲ 與老朋友說再見

希望能走到自己的步伐

　　這口自由的空氣一呼一吸一年多，打工度假本來沒有既定的模式，在沒有包袱下，好像人生重新挑選遊戲角色在另一個場景重來一樣。這段經歷絕對不能用「玩」去總結，當中有遊山玩水的日子，也曾經經歷辛酸、頹廢的時間，而身邊總會有支持的人們存在，是最幸福的總結。回去後或許需重新考慮如何過生活，希望能走到屬於自己節奏的步伐，並有著停下來看風景的勇氣。

▲累的時候不如停下來感受風景